Joachim Friedrich
Tore, Punkte, Sommersprossen

omnibus

Foto: © Thienemann Verlag

DER AUTOR

Joachim Friedrich, geboren 1953, arbeitete als Professor für Betriebswirtschaftslehre und als Unternehmensberater. Die Wende kam, als er merkte, dass er Kinder zum Lachen bringen kann. Seitdem hat er viele Geschichten für Kinder und Jugendliche geschrieben. Heute lebt er mit seiner Familie im Ruhrgebiet.

Joachim Friedrich

Tore, Punkte, Sommersprossen

omnibus

omnibus

OMNIBUS ist der Taschenbuchverlag für
Kinder in der Verlagsgruppe Random House

FSC
Mix
Produktgruppe aus vorbildlich
bewirtschafteten Wäldern und
anderen kontrollierten Herkünften

Zert.-Nr. SGS-COC-1940
www.fsc.org

Verlagsgruppe Random House FSC-DEU-0100
Das für dieses Buch verwendete
FSC-zertifizierte Papier *Munken Print*
liefert Arctic Paper Munkedals AB, Schweden.

1. Auflage
Erstmals als OMNIBUS Taschenbuch 2000
Gesetzt nach den Regeln der Rechtschreibreform

Umschlagillustration: Ralf Butschkow
Umschlaggestaltung: Basic-Book-Design,
Karl Müller-Bussdorf
IM · Herstellung: CZ
Satz: KCS GmbH, Buchholz/Hamburg
Druck und Bindung: GGP Media GmbH, Pößneck
ISBN 978-3-570-21894-5
Printed in Germany

www.omnibus-verlag.de

1. Kapitel

Irgendeiner unserer Vorfahren musste eine Ente gewesen sein. Anders konnte ich mir die Sache einfach nicht erklären. Schon den ganzen Rückweg vom Fußballplatz über kaute mir meine kleine Schwester Tina wieder mal das Ohr ab. Ihr Mund stand nicht eine einzige Sekunde lang still.

Dabei purzelte in meinem Kopf sowieso schon alles durcheinander. Ich konnte einfach keinen klaren Gedanken fassen.

»Schade, dass wir verloren haben«, hörte ich Tinas Stimme durch mein Gedankenwirrwarr hindurch.

Ich war mit meinen Gedanken bei Marilyn. Ich hatte sie geküsst. Ich hatte Marilyn tatsächlich geküsst! Aber das wussten leider nicht nur wir beide, sondern mittlerweile die ganze Klasse.

»Es ist aber toll, dass wir weitermachen«, schnatterte Tina unverdrossen. »Und ich bin dabei!«

Bevor ich Marilyn geküsst hatte, war alles irgendwie unverbindlich gewesen. Davon konnte nun keine Rede mehr sein, jedenfalls nicht für mich. Wenn sie jetzt meine feste Freundin war, musste ich wahrscheinlich irgendetwas tun. Ich hatte nur keine Ahnung, was.

»Ich bin mal gespannt, wie es weitergeht. Du auch, Knubbel? – He, Bruderherz, hörst du mir überhaupt zu?«

Ich blieb stehen. »Ja, zum Kuckuck!«, fuhr ich sie an. »Ich bin auch gespannt darauf. Aber das liegt doch nicht nur an mir, sondern auch an Marilyn!«

Einen Augenblick lang sah mich Tina entgeistert an. Dann setzte sie ein Grinsen auf, für das ich sie hätte würgen können. »Ich rede nicht von deiner geliebten Marilyn«, flötete sie, »sondern vom FC Streuselkuchen!«

So weit war es also schon gekommen. Ich war so durcheinander, dass ich mich schon vor meiner kleinen Schwester blamierte. Das konnte ja heiter werden, wenn das so weiterging.

Kaum waren wir zu Hause angekommen, stürzte sich Tina auf ihre nächsten Opfer: unsere Eltern. Sie hatten sich unser Spiel angesehen, waren aber gleich nach dem Abpfiff wieder nach Hause gegangen. Trotzdem beschrieb Tina jede Minute des Spiels noch einmal haarklein, wobei »ihr« Tor natürlich den absoluten Höhepunkt bildete. Es hörte sich wie die Livereportage im Radio an. Unsere Eltern ließen es geduldig über sich ergehen.

Dass Tina und ich in einer Schulmannschaft Fußball spielten, war für uns alle schon fast selbstverständlich geworden. Dabei hätte uns wahrscheinlich noch vor ein paar Wochen jeder für verrückt erklärt, wenn wir das vorhergesagt hätten. Angezettelt hatte das Ganze unser Klassenlehrer Pluto. Eigentlich heißt er Herr Pluta, aber wir haben ihm diesen Spitznamen gegeben.

Er hatte uns »überredet«, an dem jährlichen Schulpokal-Spiel teilzunehmen, das die Firma Landauer jedes Jahr ausrichtet. Genauer gesagt hatte er uns erpresst. Er hatte unsere heiß ersehnte Klassenfahrt nach England von unserer Zusage abhängig gemacht.

»Schade, dass es mit der Endrunde nicht geklappt hat«, sagte meine Mutter, als Tina endlich fertig war und ihren ausgeleierten Unterkiefer dem Essen zugewandt hatte. »Aber ich bin auch froh, dass ihr nicht allzu traurig seid.«

»Mhm«, sagte ich nur.

»Und ihr wollt wirklich weitermachen?«, fragte mein Vater.

»Wir wollen morgen in der Schule noch einmal darüber reden«, antwortete ich. »Herr Landauer wird im nächsten Jahr als Siegprämie auch wieder eine Reise nach Paris springen lassen. Vielleicht haben wir dann ja mal mehr Glück.«

»Und ich darf auch mitmachen!«, strahlte Tina hinter ihrem Knäckebrot.

»Und wenn ihr es nicht schafft, ist es auch nicht schlimm«, meinte mein Vater. »Hauptsache, ihr macht mit eurem FC Streuselkuchen weiter.«

FC Streuselkuchen! Schuld an diesem unmöglichen Namen war Beule, einer meiner Mannschaftskameraden. Da wir uns keine eigenen Trikots leisten konnten, hatte sein Vater uns Trikots mit einer Werbeaufschrift gestiftet:

Seit unserem ersten Spiel mit diesen Trikots hatte unser Name unverrückbar festgestanden.

»Kralle und Säbel haben sich wieder vertragen«, meinte Tina mit vollem Mund. »Wenn Säbel dieses Mal von Anfang an mitmacht, haben wir eine gute Chance.«

Meine Mutter schüttelte lachend den Kopf. »Säbel! Kralle! Ihr und eure Spitznamen.«

Schuld an den Spitznamen, für die wir in der ganzen Schule bekannt sind, bin eigentlich ich. Obwohl ich Björn heiße, haben zu mir schon immer alle Knubbel gesagt, weil ich ein paar Pfündchen zu viel auf den Rippen habe. Mir macht das nichts aus, trotzdem wollte ich nicht der Einzige in der Klasse sein, der einen Spitznamen hatte. So habe ich mir für die anderen auch solche Namen ausgedacht, bis schließlich jeder einen hatte.

Kralle ist mein bester Freund. Seinen Namen verdankt er seiner Leidenschaft für Handball. Säbel ist unser bester Fußballer. Schuld an seinem Namen sind seine krummen Beine. Kralle und er waren früher wie Hund und Katze. Säbel wusste sich nie gegen Kralle zu wehren. Darum ließ er uns mit unserer Mannschaft im Stich. Obwohl ich der Einzige war, der wusste, warum er das tat, entschied ich mich bei einer Abstimmung gegen ihn und für meinen Freund Kralle. Aber das war eine andere Geschichte. Glücklicherweise haben wir uns am Ende dann doch wieder zusammengerauft. Auch wenn wir es uns nie hätten träumen lassen, machte uns das Fußballspielen immer mehr Spaß, besonders mir. Inzwischen hatten sie mich sogar zum Kapitän gemacht.

»Jeder aus der Mannschaft hat einen Spitznamen!«, regte Tina sich auf. »Nur ich nicht! Sogar Pluto redet euch schon damit an. Ich will auch einen!«

»Den kannst du haben«, sagte ich. »Wie wär's mit Nervensäge?«

»Immer noch besser als Marilyn!«, rief sie und trat mir unter dem Tisch vors Schienbein.

Vielleicht werde ich später ja mal Bundeskanzler, König oder etwas in der Richtung. Dann werde ich als Erstes ein Gesetz gegen kleine Schwestern erlassen.

Was Marilyn betraf, hatte Tina allerdings recht. Sie heißt in Wirklichkeit Nicole. Weil sie als einziges Mädchen aus unserer Klasse schon einen richtigen Busen hat, haben wir sie nach Marilyn Monroe getauft. Sie selbst findet diesen Spitznamen überhaupt nicht lustig.

Tina war so glücklich über ihre Aufnahme beim FC Streuselkuchen, dass sie freiwillig das Abtrocknen übernahm. Vielleicht würde ich mir das mit dem Gesetz noch mal überlegen. Mein Vater trottete ins Wohnzimmer. Wenn es nach Hausarbeit riecht, verzieht er sich immer möglichst schnell.

Ich blieb sitzen und überlegte. Mein Vater und ich sind so verschieden, dass ich mich manchmal frage, ob ich überhaupt etwas von ihm geerbt habe. Trotzdem oder vielleicht gerade deshalb verstehen wir uns im Grunde sehr gut. Nur mit seiner Sportbegeisterung und mit seinem Tick für gesundes Essen nervt er mich immer. Ich komme eben ganz auf meine Mutter, im Gegensatz zu Tina. Allerdings wechselte ich gerade das Lager, zumindest was den Sport betraf.

Ob Papa mir bei meinem Problem mit Marilyn helfen konnte? Schließlich war Mama ja auch seine Freundin gewesen, bevor er sie geheiratet hatte. Er musste also wissen, wie man das machte.

Ich ging zu ihm ins Wohnzimmer. Wenn, dann musste ich mit ihm reden, bevor Mama und Tina mit dem Abwasch fertig waren. Es sollte schließlich ein Gespräch unter Männern werden.

»Du, Papa? Kann ich dich etwas fragen?«, begann ich schnell, bevor mich wieder der Mut verließ.

Mein Vater sah auf. »Sicher, Björn. Was gibt's denn?«

Ja, das war eine gute Frage. Was gab es denn eigentlich? »Ehrlich gesagt, ich weiß nicht so recht, wie ich es sagen soll.«

Papa sah mich an. Plötzlich bewegte sich einer seiner Mundwinkel in Richtung Ohrläppchen. »Geht es vielleicht um ein Mädchen? Bist du verliebt?«

Mich durchzuckte es wie ein elektrischer Schlag. »Verliebt?«, platzte ich heraus und schlug mir gleich die Hand vor den Mund. Hoffentlich hatten es Tina und Mama nicht mitbekommen.

»Wie kommst du denn auf die Idee?«, fragte ich viel leiser.

Mein Vater schüttelte lächelnd den Kopf. »Meine wilden Jahre habe ich zwar schon eine Weile hinter mir, aber ich kann mich noch gut daran erinnern, wie ich mich gefühlt habe, als ich das erste Mal verliebt war. Und vor allem weiß ich noch, wie ich ausgesehen habe. Ich stolperte in der Gegend herum und nahm meine Umgebung nur noch durch einen Schleier wahr, so als wäre alles in eine rosarote Wolke gehüllt.«

»So sehe ich aus?«

»Allerdings. Als wäre dir die gute Fee begegnet. Und nun weißt du nicht, was du dir wünschen sollst.«

Ich setzte mich zu ihm. »So ähnlich ist es wohl auch.«

»Wer ist denn die Glückliche?«

»Ein Mädchen aus meiner Klasse.«

Nun war es heraus! Mir ging es gleich ein wenig besser. Nur ob ich wirklich verliebt war, wusste ich nicht. Schließlich hatte ich das bisher noch nicht mitgemacht.

Mein Vater versetzte mir gleich noch einen Schock. »Ist es vielleicht diese – Marilyn?«

»Woher weißt du das, Papa?«

»Tina hat den Namen mal erwähnt. Sie hat dich nicht verraten wollen. Sie hat sich wohl verplappert. Du kennst sie ja.«

Und ob ich sie kannte! In meinem Gesetz würde auf Kleine-Schwester-Geplapper Zuchthaus stehen!

»Und was willst du nun von mir wissen, mein Junge?«, fragte Papa.

»Ehrlich gesagt weiß ich das nicht so genau. Ich weiß eigentlich überhaupt nicht mehr, was ich machen soll.«

»Der Grundkurs also«, murmelte Papa. »Mag sie dich denn?«

Ich stellte fest, dass auf unserem Teppich eine Menge Krümel lagen. Wahrscheinlich hatte Tina wieder ihre Vollkornkekse gegessen.

»Glaub schon«, sagte ich zu den Krümeln.

»Und magst du sie auch?«

Ich zählte die Krümel. Es waren dreiundzwanzig.

»Mhm.«

»Na, das ist doch schon mal ein Anfang!«, freute sich mein Vater. »Habt ihr euch denn auch schon gesagt, was ihr voneinander haltet?«

Ich schüttelte den Kopf.

Mein Vater legte seine Hand auf meine Schulter. »Damit fängt man aber üblicherweise an. Am günstigsten ist es, wenn ihr dabei allein seid.«

»Allein?«, rief ich entsetzt. »Du meinst, nur wir beide?«

»Ja, das meine ich«, lachte mein Vater. »Verliebte Paare sind gern einmal allein. Das liegt sozusagen in der Natur der Sache.«

»Wie soll ich denn das machen? Die anderen sind doch immer dabei! – Und sag das bitte nicht immer, Papa.«

»Was soll ich nicht sagen?«

»Na, das mit dem Verlieben und so.«

»Das muss dir nicht peinlich sein, wirklich nicht. Es ist die natürlichste und schönste Sache der Welt. Ist sogar noch besser als Fußball!«

»Die Witze kannst du dir echt schenken, Papa. Was soll ich denn jetzt machen?«

»Warum lädst du sie nicht ein? Wenn du sie morgen in der Schule siehst, fragst du sie, ob sie sich mit dir treffen will.«

Mir wurde schlecht, wenn ich daran dachte, dass ich Marilyn so etwas fragen sollte.

»Und wohin soll ich mit ihr gehen?«

Papa zog die Augenbrauen hoch. »Lass dir was einfallen, Björn. Streng dein verliebtes Köpfchen an!«

Mir fielen nur Eiscafé und Kino ein. Gefiel mir aber beides nicht. Im Eiscafé saßen immer zu viele Typen aus meiner Schule herum und im Kino war es dunkel. Wer weiß, was Marilyn dann von mir dachte. Ich wollte es beim ersten Mal nicht gleich übertreiben.

»Warte mal! Ich habe eine Idee!«, sagte Papa plötzlich und ging zum Wohnzimmerschrank. Er kramte in einer der Schubladen herum und hielt mir dann etwas unter die Nase.

Ich konnte nicht gleich erkennen, was es war. »Was ist das?«

»Die hat mir ein Arbeitskollege geschenkt. Es sind zwei Karten für das nächste Heimspiel vom FC. Er ist verhindert und hat sie deshalb mir überlassen. Es ist ausverkauft. Der FC spielt gegen den Tabellenführer!«

»Und die willst du mir geben?«

»Ja. Das passt doch gut. Ihr beide seid doch jetzt auch Fußballer. Mama interessiert sich nicht für Fußball. Die geht eh nicht mit mir hin. Und allein macht es nur halb so viel Spaß. Ich kann mir das Spiel besser in der Glotze ansehen.«

»Wir beide könnten doch hingehen.«

»Nein, nein, keine Ausflüchte, mein Lieber. Morgen fragst du sie und am Samstag seid ihr beide im Stadion. Kapiert? Es sind sogar Tribünenplätze!«

Seit ich denken kann, ist mein Vater ein glühender Fan unseres heimischen Bundesligaclubs. Er sieht sich allerdings nur sehr selten ein Spiel im Stadion an. Ich glaube, es ist ihm zu teuer. Darum hatte ich auch ein ziemlich schlechtes Gewissen.

Andererseits war ich noch nie in unserem großen Stadion gewesen, und erst recht nicht zu einem solchen Bundesligaspiel. Der Tabellenführer! Ich hatte plötzlich große Lust darauf. Wenn ich auch noch Marilyn überreden könnte, würde es bestimmt der Hit werden.

»Danke, Papa«, sagte ich und nahm die Karten. »Und du bist sicher, dass du nicht selbst gehen willst?«

»Das ist schon in Ordnung, Björn. Wirklich! Hauptsache, es gefällt euch.«

Als ich schon in der Tür stand, drehte ich mich noch einmal um. »Du, Papa? Im Fußballstadion sind wir aber auch nicht allein. Ich meine, Marilyn und ich.«

Der Mund meines Vaters reichte von einem Ohr bis zum anderen. »Oh doch, das seid ihr! Wenn man verliebt ist, kann man überall allein sein, auch in einem voll besetzten Fußballstadion.«

»Kapiere ich nicht.«

»Das wirst du schon noch, mein Junge. Das wirst du schon noch.«

Von ein paar kleinen Macken abgesehen, sind meine Eltern wirklich in Ordnung. Ich frage mich allerdings immer wieder, warum sie so oft in Rätseln sprechen müssen. Das ist kein Familienleben, das ist eine Quizshow!

Der nächste Morgen begann mit Schwindelanfällen, weichen Knien und undefinierbaren Gefühlen in der Magengegend. Den Grund für meinen schlechten Zustand hatte ich schnell erkannt. An diesem Morgen würde ich Marilyn fragen müssen, ob sie mit mir zu dem Fußballspiel gehen wolle.

Unter der Dusche nahm ich mir vor, es ihr gleich zu sagen, wenn sie mir auf dem Schulhof über den Weg liefe. Als ich mich abtrocknete, war ich mir sicher, dass es besser wäre, sie erst am nächsten Tag zu fragen. Beim Zähneputzen überlegte ich, ob es mit Kralle nicht vielleicht doch mehr Spaß machen würde. Aber nein, der war ja Handballfan. Während ich mir die Socken anzog, sah ich vor meinem geistigen Auge, wie sie mich auslachte, es jedem in der Klasse erzählte und mich bis auf die Knochen blamierte. Beim Frühstück saß mir mein Vater gegenüber. Bestimmt war er sehr traurig darüber, dass er das Spiel nicht live ansehen konnte. Sicher wäre es besser, ihm die Karten zurückzugeben. Eigentlich könnte ich die

Sache mit Marilyn auch ganz bleiben lassen, überlegte ich mir, als ich zur Schule ging. Wozu brauchte ich eine Freundin? War ich bis jetzt nicht auch gut ohne ausgekommen?

Und dann sah ich sie! Sie stand allein auf dem Schulhof und blätterte in einem ihrer Hausarbeitshefte. Das war die Gelegenheit! Ich würde sie fragen. Jetzt gleich! Mit festen Schritten ging ich auf sie zu.

Als sie mich sah, lächelte sie. Schön!

»Hallo, Knubbel! Alles klar?«

»Ja, ja. Alles klar.«

»Is was?«

»Nee, wieso?«

»Du guckst so, als wolltest du was sagen.«

»Nee, nee, is nix.«

»Dann ist ja gut. – Ach, da hinten sind Doppelpass. Die haben noch mein Englischheft. Also dann, bis gleich!«

»Bis gleich«, sagte ich leise, als sie schon längst weg war.

Ich bin wohl nicht zum Helden geboren.

Ich hatte die Karten, die mir mein Vater geschenkt hatte, mit zur Schule genommen. Wenn ich Marilyn gefragt hätte und sie tatsächlich einverstanden gewesen wäre, hätte ich ihr die Karten gleich zeigen können. Nun brannten sie mir fast ein Loch in die Hose.

Von der ersten Stunde bekam ich so gut wie nichts mit. In der zweiten hatten wir Englisch bei Pluto. Da wurde ich wenigstens etwas abgelenkt.

Pluto war gut gelaunt. Er sah in die Runde. »Also, wie sieht es aus? Habt ihr euch entschieden, ob ihr weitermachen wollt?«

»Weitermachen?«, rief jemand in die Klasse, der nicht zum FC Streuselkuchen gehörte. »Womit sollen wir weitermachen?«

»Das war eine Frage an die Fußballer«, erklärte Pluto. »Wir haben uns gestern nach dem Spiel darüber unterhalten, ob wir im nächsten Jahr wieder am Turnier um den Schulpokal teilnehmen wollen.«

Ein Stöhnen ging durch die Klasse. Bevor die Sache mit dem Turnier losging, hatten Pluto, Doppelpass und Säbel oft allein mit ihrer Fußballleidenschaft dagestanden. Nun teilte sich die Klasse in den FC Streuselkuchen und die anderen. Doppelpass 1 und 2 waren die Zwillinge Angela und Biggi Passmann. Sie waren die Einzigen aus unserer Klasse, die in einem Verein Fußball spielten.

Ein Blick auf meine Mannschaftskameraden genügte, um zu wissen, dass sie wieder einmal nicht weiterwussten.

Ich meldete mich. »Wir hatten noch keine Gelegenheit, uns zu besprechen.«

Pluto seufzte. »Ihr seid mir eine schöne Mannschaft! Dann lasse ich halt abstimmen. Wir können uns nicht die ganze Stunde mit diesem Thema beschäftigen. Schließlich haben wir noch etwas anderes zu tun. – Wer ist also dafür, dass wir im nächsten Jahr wieder an dem Turnier um den Schulpokal teilnehmen?«

Pluto hatte die Frage noch nicht ganz ausgesprochen, da waren die Hände von Säbel, Doppelpass und mir oben. Marilyn sah mich kurz an und zeigte dann auch auf. Sie spielte eigentlich Basketball. Vielleicht machte sie ja wegen mir mit! In der nächsten Pause würde ich sie fragen!

Der kleine Asterix war der Nächste, gleich darauf sein riesiger Freund Obelix. Das war immer so. Auch Tüte und Beule meldeten sich gleichzeitig. Sie waren dicke Freunde.

»Den Spaß lassen wir uns nicht nehmen!«, brüllte Tüte.

Seinen Spitznamen hatte Pluto ihm gegeben. »Du schreist immer, als hättest du eine Flüstertüte vor dem Mund«, hatte er ihm einmal gesagt. Beule hat keinen Spitznamen. Wer so heißt, braucht keinen.

Zögernd hob sich auch die Hand von Pommes. Er heißt eigentlich Hasan. Sein Vater hat einen Imbiss, das »Döner-Paradies«. Pommes ist sehr beliebt in der Schule. Zum einen ist er als Torwart wirklich klasse. Durch sein Judotraining hat er die besten Reflexe. Außerdem bekommen wir bei seinem Vater immer extra große Portionen.

»Bist du dir nicht sicher?«, fragte Pluto ihn.

»Ich habe schon Lust auf Fußball. Aber ich muss auch für meine Judoprüfung trainieren.«

»Das schaffst du schon«, beruhigte Pluto ihn. »Wir müssen ja nur einmal in der Woche trainieren. Da bleibt dir für dein Judo noch genug Zeit.«

Ich war ein wenig enttäuscht. Etwas öfter als einmal in der Woche hätten wir schon trainieren können.

Bis auf Kralle waren also alle Mitglieder der alten Mannschaft dafür.

Pluto sah ihn an. »Und was ist mit dir?«

Kralle sah von einem zum andern. »Meinetwegen«, seufzte er dann. »Etwas mehr Kondition hilft mir beim Handball ja auch.«

»Sehr schön!«, freute sich Pluto. »Dann treffen wir uns heute Nachmittag um drei Uhr in der Sporthalle.«

»In der Halle?«, rief ich. »Warum denn nicht auf dem Platz?«

»Das erkläre ich euch heute Nachmittag. Ich will jetzt endlich auch noch ein bisschen Unterricht geben.«

Da half kein Stöhnen und kein Klagen. Wenn Pluto etwas will, können wir ihn garantiert nicht umstimmen.

Pluto hatte sich anscheinend vorgenommen, die Zeit, die er durch unsere Diskussion über den FC Streuselkuchen verloren hatte, wieder aufzuholen. Er ließ uns kaum zu Atem kommen. Als es schellte, konnte ich es kaum glauben, so schnell war die Stunde verflogen.

Die Pause brachte mir die nächste Möglichkeit, Marilyn zu fragen, ob sie sich am Samstag das Fußballspiel mit mir ansehen wollte. Auf dem Schulhof sah ich mich nach ihr um. Ich musste eine Weile suchen, bis ich sie endlich gefunden hatte. Sie war allein. Das war die Gelegenheit. Jetzt oder nie!

Sie wandte mir den Rücken zu. Ich ging zu ihr und tippte ihr auf die Schulter.

»Ah, Knubbel!«, rief sie, bevor ich auch nur den Mund öffnen konnte. »Ich habe dich schon gesucht!«

»Du mich?«

»Ja. Ich wollte dich fragen, was du davon hältst, dass wir mit FC Streuselkuchen weitermachen.«

»Finde ich gut«, antwortete ich nur. Ich hatte mir die Worte so schön zurechtgelegt. Und nun war wieder alles weg. »Allerdings könnten wir öfter trainieren als einmal in der Woche.«

»Da hinten sind Kralle, Beule und Tüte! Mal sehen, was die davon halten«, rief sie und winkte ihnen auch schon zu. »Huhu! Kralle, Beule, Tüte! Kommt doch mal her!«

Natürlich kamen die drei auch gleich angetrottet. Kurz darauf stand der gesamte FC Streuselkuchen zusammen und diskutierte über unsere Chancen beim nächsten Schulpokal. Zu meinem Entsetzen waren außer Tina und Säbel alle der Meinung, ein Training in der Woche wäre genug.

Als die Pause vorüber war, ging ich ziemlich frustriert zurück in unsere Klasse. Nun hatte ich Marilyn immer noch nicht gefragt. Doch dazu hatte ich ja auch noch in der nächsten Pause Zeit.

Viel mehr beschäftigte mich in dem Augenblick die Frage, warum ich so enttäuscht darüber war, dass wir nicht öfter trainierten. War aus dem dicken, unbeweglichen Knubbel plötzlich ein begeisterter Sportler geworden? – Nein, sicher nicht. Wahrscheinlich war es eher das, was mir meine Mutter schon so oft vorgeworfen hatte, wenn wir »Monopoly« oder »Mensch ärgere dich nicht« gespielt hatten: Ich konnte nicht verlieren. Und wenn wir schon im nächsten Jahr an dem Schulturnier teilnahmen, wollte ich auch gewinnen. Auch dann, wenn es nur einen Satz Schwämme zu gewinnen gegeben hätte, so wie es Tüte einmal gesagt hatte.

Zu Beginn der nächsten Stunde versetzte mir unser Deutschlehrer gleich den nächsten Schlag. Unter tosendem Beifall verkündete er, dass die letzten beiden Schulstunden wegen einer Lehrerkonferenz ausfielen. Es gab also keine Pause mehr! Nach den nächsten beiden Stunden würden alle Schüler, die noch einigermaßen bei Verstand waren, die Schule verlassen. Ich freute mich zwar auch darüber, früher nach Hause zu kommen, aber ich wusste nicht, ob meine Nerven noch einen Tag der Ungewissheit überstehen würden. Es gab nur noch eine letzte Möglichkeit, Marilyn an diesem Tag zu fragen: Ich musste sie nach der Schule abfangen.

Ich weiß nicht, ob meine Mitschüler den Verstand verloren hatten oder ob sie sich einfach nur freuten. Jedenfalls strömten sie nach der vierten Stunde aus der Schule, als ob ein Bombenalarm ausgelöst worden wäre. Ich verlor Marilyn schon nach ein paar Schritten aus den Augen. Es war zum Verzweifeln!

Während die anderen johlend an mir vorbeirannten, blieb ich vor der Schule stehen und überlegte, was ich tun sollte. Marilyn fuhr immer mit dem Bus. Vielleicht erwischte ich sie noch an der Haltestelle.

Ausnahmsweise hatte ich Glück. Ich sah sie schon von Weitem. Sie war allein. Während ich auf sie zuging, nahm ich mir vor, mich nicht wieder in ein Gespräch über Fußball verwickeln zu lassen. Ich würde sie ohne Umschweife fragen.

»Fährst du auch mit dem Bus?«, rief sie, als sie mich entdeckt hatte. »Ich denke, du läufst nach Hause?«

»Nee, ich fahre nicht mit dem Bus. Ich wollte dich etwas fragen.«

»Das habe ich mir schon gedacht.«

»Wie?«

Sie lächelte mich an. Mir wurde heiß. In meinem Magen rumorte es. Und das lag nicht an meinem Hunger. Ich sortierte meine Gedanken.

»Da kommt mein Bus!«, rief Marilyn, bevor ich damit fertig war.

Wie aus dem Nichts stand der Bus vor uns und die Tür öffnete sich.

»Der FC spielt am Samstag gegen den Tabellenführer!«, rief ich ihr nach, während sie schon in den Bus stieg. »Ich habe zwei Karten von meinem Vater bekommen. Hast du Lust mitzukommen?«

Marilyn drehte sich zu mir um. »Klar! Gerne! Tschüs!«

Die Tür schloss sich und der Bus fuhr ab. Ich sah ihm nach.

»Tschüs«, sagte ich leise, als er schon nicht mehr zu sehen war.

Klar! Gerne! – Und deswegen hatte ich mir so viele Sorgen gemacht, hatte kaum geschlafen und Magenschmerzen bekommen? Die ganze Sache schien viel einfacher zu sein, als ich mir hatte träumen lassen.

2. Kapitel

Auf dem Weg nach Hause musste ich mich beherrschen, um nicht auf dem Bürgersteig herumzuhüpfen, wie Tina es immer tat, wenn sie nach Hause ging.

»Deine Schwester ist schon eine ganze Weile hier«, empfing mich meine Mutter. »Wo bist du so lange gewesen?«

»Ich musste noch etwas mit jemandem aus meiner Klasse besprechen«, antwortete ich ihr mit einem Blick auf meinen Vater. Der lächelte zwar, sagte aber glücklicherweise nichts.

Nach dem Essen musste ich allerdings seine Neugier dann doch noch befriedigen.

»Und? Kommt sie mit?«, fragte er leise, als wir aus der Küche gingen.

Ich nickte. »Klar, war kein Problem.«

Ich verzog mich gleich auf mein Zimmer und machte mich an die Hausaufgaben. Nach dem Training würde ich bestimmt zu müde dazu sein.

Ich war noch nicht fertig, da klopfte es an die Tür. Es war Tina.

»Bist du noch nicht fertig?«, maulte sie. »Es wird Zeit!«

»Ich muss noch eine Aufgabe machen. Kannst ja schon mal vorgehen«, antwortete ich in der Hoffnung, sie würde sich darauf einlassen.

»Nee, ich warte auf dich.«

Ich hatte damit gerechnet, dass meine Mannschaftskameraden bereits unter Plutos Kommandos schwitzen würden, wenn ich mit Tina in unsere Sporthalle käme, denn wir waren fast eine Viertelstunde zu spät dran. Doch stattdessen saßen sie im Halbkreis um unseren Trainer herum.

»Da ist ja euer Kapitän!«, rief Pluto, als er mich sah. »Dann können er und Tina auch gleich hören, was ich zu sagen habe. Setzt euch zu den anderen!«

Ich ließ mich neben Marilyn nieder und sah sie fragend an.

»Keine Ahnung, was er will«, raunte sie mir zu. »Es geht wohl ums Training.«

»Ihr habt euch ja darüber gewundert, warum wir uns heute in der Halle getroffen haben und nicht auf dem Sportplatz«, begann unser Trainer. »Der Grund dafür ist sehr einfach. Wir dürfen nicht mehr auf unserem Platz trainieren.«

»Warum denn nicht?«, brüllte Tüte. »Der gehört doch der Schule!«

Pluto nickte. »Genau das ist das Problem. Die Schule hat den Platz an einen Sportverein vermietet, den SV Eiche 09. Die haben jetzt das alleinige Nutzungsrecht, zumindest an den Nachmittagen, wenn dort keine Schulveranstaltungen stattfinden.«

»Das gibt's doch wohl nicht!«, rief ich. »Wie kann man nur so blöd sein und den Platz vermieten?«

Mein Klassenlehrer sah mich mit strengem Blick an. »Du weißt doch genau, wie es um die Finanzen unserer Schule bestellt ist, Knubbel. Wir haben noch nicht einmal genug Geld, um neue Sportgeräte zu kaufen. Da kam dieser Vertrag mit dem SV Eiche gerade recht, um etwas Geld in die Kasse zu bekommen. Das haben jedenfalls die Leute von der Stadtverwaltung gemeint. Außerdem war der SV Eiche wohl ganz besonders scharf darauf, unseren Platz zu bekommen. Er ist einer der wenigen Rasenplätze hier in der Gegend.«

In gewisser Weise hatte Pluto wohl recht. Es hatte sogar schon Gerüchte gegeben, dass unsere Schule geschlossen und mit einer anderen zusammengelegt werden sollte. Und alles nur, weil nicht mehr genug Geld da war.

Asterix meldete sich. »Aber für den Schulpokal durften wir doch auch auf dem Sportplatz trainieren, Herr Pluta!«

»Und außerdem brauchen die den Platz doch nicht an jedem Nachmittag!«, rief Doppelpass 1 dazwischen. »Als wir vorhin daran vorbeikamen, war jedenfalls niemand dort.«

»Genau!«, brüllte Tüte. »Wir gehen einfach hin! Und wenn die Typen von diesem SV Dingsda kommen, sollen sie mal versuchen, uns zu verjagen!«

Pluto hob die Hände. »Immer mit der Ruhe, Freunde! Der SV Eiche zahlt für den Platz, ganz gleich ob er ihn benutzt oder nicht. Wir werden also ganz sicher nicht dorthin gehen. Es war schon schwierig genug gewesen, die Schulleitung davon zu überzeugen, dass das Training für den Pokal eine schulische Veranstaltung war.«

»Davon haben Sie uns damals aber nichts erzählt!«, beschwerte sich Tüte.

»Ihr müsst ja auch nicht alles wissen. Auf jeden Fall ist es jetzt unser Privatvergnügen, wenn wir weitermachen. Das hat mir der Direktor sehr deutlich zu verstehen gegeben. Er will keinen Ärger mit dem SV Eiche. Dazu braucht unsere Schule das Geld zu nötig.«

»Und was machen wir jetzt?«, fragte Kralle. »Hören wir auf?«

Pluto sah ihn mit großen Augen an. »Das ist doch wohl nicht dein Ernst? Ihr habt euch dazu entschieden weiterzumachen. Gilt das jetzt auf einmal nicht mehr?«

Er sah in die Runde. Als niemand etwas sagte, fuhr er fort: »Also gut. Der Schulsportplatz bietet nicht die einzige Möglichkeit zum Trainieren. Die Halle hier ist zum Beispiel nicht vermietet. Die können wir nutzen.«

»Hier kann man doch kein richtiges Fußballtraining machen«, rief Doppelpass 2.

»Das stimmt schon. Aber Konditionstraining ist zumindest möglich. Wenn wir spielen wollen, können wir ja zu der öffentlichen Anlage im Stadtpark gehen.«

»Das finde ich beknackt«, meinte Säbel. »Da war ich schon mal. Ist viel zu voll!«

Pluto nickte. »Stimmt, die Anlage ist sehr gut besucht, aber immer noch besser als gar nichts. Aber vielleicht kann ja einer von euch uns helfen. Einige von euch treiben doch Sport in anderen Vereinen. Ihr könntet fragen, ob wir dort trainieren dürfen.«

»Auf unserem Handballplatz?«, rief Kralle entsetzt.

»Warum nicht? Obwohl ich eher an Doppelpass gedacht habe. Würdet ihr das für uns tun?«

Die Zwillinge erklärten sich sofort bereit dazu, und sogar Kralle versprach nach einigem Zögern in seinem Verein zu fragen, ob wir auf dessen Platz trainieren könnten. Marilyn und Pommes waren zwar auch in einem Sportverein, aber das nutzte uns nicht viel, denn Basketball und Judo finden in der Halle statt, und die hatten wir ja selbst.

Damit war die Mannschaftsbesprechung vorüber. Solange wir nicht wussten, ob Doppelpass oder Kralle uns einen Trainingsplatz besorgen konnten, wollten wir unsere Übungsspiele im Stadtgarten absolvieren. Wir verabredeten uns für den nächsten Tag dort. Für den Rest des Nachmittags ordnete Pluto ein »leichtes Konditionstraining« an. – Auf dem Weg nach Hause wären Tina und ich am liebsten auf allen vieren auf dem Bürgersteig entlanggekrochen.

Meine Eltern saßen vor dem Fernseher. Als mein Vater uns sah, schaltete er gleich den Ton ab.

»Unter welche Dampfwalze seid ihr denn geraten?«, fragte er grinsend.

»Konditionstraining«, keuchte ich. »Pluto war gut drauf heute.«

»Wahrscheinlich wollte er die verlorene Zeit wieder gutmachen«, meinte Tina.

»Welche verlorene Zeit denn?«, fragte meine Mutter.

Wir berichteten unseren Eltern kurz von unserer Mannschaftsbesprechung.

Als wir damit fertig waren, schüttelte mein Vater den Kopf. »Geld, Geld, immer nur Geld. Aber da kann man wohl nichts machen.«

»Findest du das etwa richtig?«, fragte ihn meine Mutter gereizt.

»Nein, sicher nicht. Aber Tatsache ist doch ...«

»Tatsache ist, dass die Kinder auf ihrem eigenen Sportplatz kein Fußball spielen können«, unterbrach meine Mutter ihn.

Ich staunte nicht schlecht. Sie hatte sonst mit Sport genauso viel am Hut wie ich vor meinem Einsatz beim FC Streuselkuchen.

»Das ist doch nicht richtig!«, schimpfte meine Mutter weiter. »Und dann braucht dieser ... SV Eiche den Platz noch nicht einmal an jedem Tag. Wenn sie nicht dort sind, könntet ihr doch darauf trainieren!«

»Vertrag ist Vertrag«, meinte mein Vater.

»Quatsch! Hat euer Lehrer denn schon einmal mit dem SV Eiche darüber geredet?«

Ich schüttelte den Kopf. »Ich glaube nicht.«

Meine Mutter stand auf. Ein sicheres Zeichen dafür, dass sie dabei war, sich ernsthaft aufzuregen. »Männer!

Typisch. Wahrscheinlich zu stolz, wie? Nur nicht fragen! Man könnte sich ja einen Zacken aus der Krone brechen!«

Mein Vater seufzte und verdrehte die Augen. »Er wollte wohl keinen Ärger.«

»Ach was! Ärger!«, rief meine Mutter. »Ich denke, ihr Sportskanonen haltet alle zusammen? Kameradschaft und so!«

»Und was, denkst du, soll nun passieren?«, fragte mein Vater. »Willst *du* sie etwa fragen?«

Meine Mutter beugte sich zu ihm vor und sah ihn an. Das hätte er nicht sagen dürfen! So gut hätte mein Vater seine Frau eigentlich kennen müssen.

»Oh, ja! Das werde ich, mein Lieber! Du wirst schon sehen. Björn, bitte richte Herrn Pluta einen schönen Gruß von mir aus. Er soll einen Termin bei diesem SV Eiche ausmachen – für ihn und für mich. Und wenn er dazu nicht bereit ist, soll er mich anrufen.«

Papa, Tina und ich sahen uns an. Widerspruch war zwecklos. Also versprach ich ihr, es Pluto gleich am nächsten Tag auszurichten. Im eigenen Interesse meines Klassenlehrers konnte ich nur hoffen, dass er damit einverstanden war.

Am nächsten Morgen stand die gesamte Mannschaft des FC Streuselkuchen schon vor Schulbeginn auf dem Schulhof und diskutierte lebhaft über unseren neuen Trainingsort. Doppelpass und Kralle hatten ihr Versprechen gehalten. Sie hatten noch am Abend in ihren Vereinen angerufen. Leider hatten sie keinen Erfolg damit gehabt. Beide Vereine wollten niemanden sonst auf ihren Plätzen trainieren lassen. Als ich dann auch noch über den Vorschlag meiner Mutter berichtete, glich unsere Fußballmannschaft einer schnatternden Gänseherde. Als uns die Schulglocke in die Klasse rief, waren wir uns immer noch nicht einig darüber, ob wir die Idee meiner Mutter »beknackt« oder »voll mutig« finden sollten. Allerdings waren wir uns darüber klar, dass mir nichts anderes übrig bleiben würde, als Pluto darauf anzusprechen. Meine Mannschaftskameraden wussten selbst alle zu genau, was es heißt, wenn Mütter sich etwas in den Kopf gesetzt haben.

In der nächsten Pause fing ich Pluto vor dem Lehrerzimmer ab. Zunächst erzählte ich ihm, dass Doppelpass und Kralle keinen Erfolg gehabt hatten. Das nahm er noch ziemlich gelassen hin. Als ich dann aber »den schönen Gruß« von meiner Mutter ausrichtete, fiel er aus allen Wolken. Trotzdem erklärte er sich bereit zu versuchen, einen Termin beim SV Eiche zu vereinbaren, wenn auch mit verkniffenem Gesicht.

Bei unserem letzten Training hatte Pluto erzählt, der öffentliche Sportplatz im Stadtgarten sei »gut besucht«. Als ich nachmittags mit meiner kleinen Schwester im Schlepptau dort eintraf, bekam ich eine Ahnung davon, was er damit gemeint hatte. Es herrschte ein Getümmel wie bei einer olympischen Eröffnungsfeier und ein Lärm wie im Freibad am ersten Tag der Sommerferien. Außer

Eishockey waren vermutlich alle Sportarten vertreten. Unser Trainingsspiel würden wir wohl mit drei Mannschaften gleichzeitig am gleichen Ort absolvieren müssen.

Doch zunächst erwarteten uns die Umkleidekabinen: unterirdische Verliese, in denen Generationen von Socken und Kompanien von ausgelatschten Schuhen einen bestialischen Gestank verbreiteten. Wir sprangen in Rekordzeit in unsere Sportklamotten und trafen uns mit grünen Gesichtern vor dem Eingang, um gemeinsam in die Schlacht um ein Stück Rasen zu ziehen.

Um den eigentlichen Fußballplatz verlief eine Aschenbahn. Es dauerte eine Weile, bis wir sie überqueren konnten, da auf ihr eine nicht enden wollende Karawane von Rotgesichtern auf Spargelbeinen ihre Runden zog.

»Können die nicht im Wald laufen?«, zischte Marilyn mir zu, als wir es endlich geschafft hatten.

»Da ist kein Platz mehr«, meinte Pluto.

Am Rand des Fußballfeldes waren sechs Tore aufgestellt, jeweils ein größeres an den Kopf- und zwei kleinere an den Längsseiten. Bei dem herrschenden Betrieb war nicht daran zu denken, den gesamten Fußballplatz nutzen zu können. Wenn wir Glück hatten, würden wir quer zwischen den kleineren Toren spielen können. Und tatsächlich schien die Glücksfee Erbarmen mit uns zu haben.

»Die da hinten hauen ab!«, brüllte Tüte, während ich versuchte, nicht zwischen zwei Muskelberge zu geraten, die sich um einen Ball prügelten.

Ein Haufen johlender Jugendlicher räumte den Teil des Fußballfeldes, den sie gerade noch in Anspruch genommen hatten. Wir konnten uns nicht lange über unser vermeintliches Glück freuen. Von der anderen Seite näherte sich noch eine Mannschaft. Nach dem Ball zu urteilen, den sie vor sich hertrugen, schienen sie die gleichen Pläne zu haben wie wir. Fast gleichzeitig trafen wir auf dem freien Stück Wiese ein. Wir versammelten uns um unseren Trainer, sie sich um ihren. So standen wir uns gegenüber und starrten uns feindselig an.

»Wir waren zuerst hier!«, rief der Trainer der anderen Mannschaft. Er war kaum älter als seine Schützlinge. Allerdings sprossen in seinem Gesicht vereinzelte Bartstoppeln. Wahrscheinlich war er deshalb ihr Anführer.

»So würde ich das nicht sehen«, erwiderte Pluto.

Der Stoppelbärtige schob das Kinn vor. »Ich aber!«

»Immer mit der Ruhe, junger Freund.«

»Nix da! Wir waren zuerst hier!«

Pluto seufzte. »Argumente helfen da wohl nicht. Wie wäre es, wenn wir losen? Ich werfe eine Münze und wer ...«

»Zahl!«, rief der Stoppelbärtige.

Pluto kramte in seiner Tasche und sah den Trainer unserer Widersacher an, wie er es mit Obelix macht, wenn der absolut nicht kapieren will, was Plusquamperfekt ist. Er holte eine Münze hervor, warf sie hoch und fing sie wieder auf.

»Und?«, fragte der Bärtige.

»Zahl.«

»Sag ich doch! Wir waren zuerst hier!«

»Sollen wir uns wieder umziehen?«, fragte ich. Mir wurde schlecht, wenn ich nur daran dachte.

Pluto schüttelte den Kopf. »Eine Möglichkeit haben wir noch. Am anderen Ende der Anlage gibt es einen Nebenplatz. Der ist meistens frei.«

Auf dem Platz, zu dem Pluto uns führte, war tatsächlich keine Menschenseele zu sehen. Ich wusste schnell, warum. Er war wohl einmal ein Aschenplatz gewesen. Nun glich er einer Motocross-Rennbahn, nur viel härter. Vor den Toren war der Boden so ausgetreten, dass der Torwart bis zu den Knöcheln in dem Loch versank.

Vor meinem geistigen Auge erschienen zerschundene Gliedmaßen, abgeschürfte Haut und Staubwolken wie bei einem Kamelrennen. Noch während ich mir vorstellte, wie mich zwei Rettungssanitäter auf einer Bahre vom Platz trugen, ereilte mich der nächste Schicksalsschlag.

»Wenn du am Samstag mit Knubbel zum Stadion gehst, wird dir sicher Besseres geboten«, sagte Doppelpass 1 fast beiläufig und lächelte Marilyn an.

Und die lächelte zurück! Sie hatte es erzählt. Das durfte nicht wahr sein!

Doppelpass 1 hatte nicht laut geredet, doch meine hämischen Klassenkameraden schienen alle ein drittes Ohr auszufahren, wenn es um bestimmte Dinge ging. Wie immer in einer solchen Situation hatte Kralle als Erster erfasst, worum es sich drehte.

»Wer geht mit wem zum Stadion?«, rief er.

Während Doppelpass und Marilyn tuschelnd und kichernd zurückblieben, fielen die anderen über mich her. Allein auf dem letzten Stück Weg bis zu der Fußballwüste, auf der wir spielen sollten, musste ich mir mehr blöde Bemerkungen anhören als in den ganzen vergangenen sechs Wochen.

Als Pluto uns in zwei Mannschaften aufgeteilt hatte und uns die letzten Anweisungen gab, hatten sie sich glücklicherweise wieder einigermaßen beruhigt. Ich hoffte, dass wir nun endlich zum Fußballspielen kommen würden, denn dazu waren wir ja eigentlich hier. Doch da hörte ich plötzlich eine Stimme.

»He, Paul! Da sind welche!«

Zunächst dachte ich an eine andere Fußballmannschaft, die uns den Platz streitig machen wollte. Ich wäre nicht sehr traurig gewesen, wenn wir das Münzenwerfen dieses Mal wieder verloren hätten.

Wie aus dem Nichts standen plötzlich zwei Gestalten am Spielfeldrand. Der eine trug einen hellen Anzug mit einer Nelke im Knopfloch und hatte einen Strohhut auf dem Kopf. Der andere führte einen kleinen, haarlosen Hund auf zitternden Beinchen an der Leine. Sein halb offen stehender Mund zeigte gähnende Leere. Wahrscheinlich hatte er sein Gebiss vergessen. Ich sah genauer hin. Ein dritter Mann schlich in gebückter Haltung, auf eine Krücke gestützt, auf die beiden anderen zu. Er kam von einer Parkbank. Auf der hatten die drei möglicherweise seit Wochen gesessen und auf Opfer gelauert.

»Auweia! Rentner!«, stieß Pluto zwischen seinen Zähnen hervor.

Ich wusste zunächst nicht, warum Pluto so erschreckt auf die drei reagierte, doch ich sollte es bald erfahren.

Wir versuchten, auf dem Platz etwas zustande zu bringen, was einigermaßen nach Fußball aussah. Da wir dabei mehr mit den Schlaglöchern als mit dem Ball kämpften und aufpassen mussten, dass wir uns dabei nicht ernsthaft verletzten, war unser Gekicke wahrscheinlich nicht sehr sehenswert. Die Kommentare unserer Zuschauer ließen auch nicht lange auf sich warten.

»Daf foll Fuffball fein?«, zischelte der Zahnlose. »Daf kann mein Fiffi ja beffer!«

»Genau!«, rief der Typ mit der Nelke. »Viel zu langsam sind die! Keine Kondition! Aber was will man bei den verweichlichten Lehrern von heute auch anderes erwarten?«

»Halten den Ball nicht am Fuß!«, meldete sich auch noch der Dritte und stampfte mit seiner Krücke auf. Dazu kläffte der kleine, zitternde Hund und zog an der Leine, dass es den Zahnlosen beinahe umgerissen hätte.

Wir versuchten, sie nicht weiter zu beachten und, so gut es ging, weiterzuspielen. Doch unsere drei Zuschauer hörten nicht auf, uns mit guten Ratschlägen und hämischen Kommentaren zu versorgen. Irgendwann riss mir doch der Geduldsfaden.

»Wenn Sie alles besser können, dann kommen Sie doch her und machen es uns vor!«, rief ich ihnen zu.

Das brachte mir einen Rüffel von Pluto ein, da man, wie jeder weiß, so nicht mit älteren Leuten spricht. Zudem hatte mein kleiner Wutausbruch zur Folge, dass die Typen am Spielfeldrand nun wirklich jeden unserer Spielzüge kommentierten. Dazu kläffte der haarlose Köter und schlug wütende Purzelbäume an seiner Leine. Schließlich hatte sogar Pluto die Nase voll.

»Bitte lassen Sie uns doch in Ruhe spielen. Wir wissen ja, dass wir keine Profis sind«, flehte er. »Und beruhigen Sie Ihre Sissi, sonst beißt sie noch jemanden von uns.«

»Der Hund heift nicht Fiffi!«, rief der Zahnlose wütend. »Der heift Fiffi!«

So war kein ordnungsgemäßer Spielbetrieb mehr aufrechtzuerhalten, wie man im Fernsehen sagen würde. Das sah auch Pluto ein.

»Feierabend!«, rief er. »Zieht euch um. Danach treffen wir uns zur Mannschaftsbesprechung!«

Der schmutzig graue Staub des Platzes hatte sich in jeder Pore festgesetzt. Unter den abwechselnd kochend heiß oder eisig kalt spuckenden Duschen versuchten wir uns, so gut es ging, davon zu befreien. Mit angehaltenem Atem zogen wir uns an und versammelten uns anschließend vor den Umkleidekatakomben um unseren Trainer.

»Hier hat das keinen Sinn«, sagte er und sprach damit allen Anwesenden aus der Seele. »Wahrscheinlich ist es tatsächlich das Beste, mit dem SV Eiche zu reden. Ich werde mich gleich am Wochenende darum kümmern.«

Wochenende! Siedend heiß fiel mir wieder ein, was an

diesem Wochenende auf mich wartete: Ich würde mir mit Marilyn ein Spiel des FC ansehen! Ich freute mich zwar irgendwie darauf, gleichzeitig spürte ich aber schon wieder einen leichten Anfall von Panik.

Als wenn mein Vater es geahnt hätte, womit sich meine Gedanken beschäftigten, stellte er mir, kaum dass ich die Tür hinter mir geschlossen hatte, eine Frage: »Holst du sie morgen von zu Hause ab, wenn ihr zum Spiel geht?«

Obwohl die Frage eigentlich harmlos war, lief es mir kalt den Rücken herunter. Ich hatte keine Ahnung! Bei dem Durcheinander um unser Fußballtraining hatte ich total vergessen, mit Marilyn einen Treffpunkt zu vereinbaren.

»Wie macht man denn das – normalerweise?«, fragte ich zurück.

Mein Vater grinste mich an. »*Normalerweise* holt *man* das Mädchen von zu Hause ab. Habt ihr euch nicht verabredet?«

»Nee. Vergessen.«

»Dann ruf sie am besten gleich an, und frag sie, wann du kommen sollst.«

Ich nickte und verzog mich auf mein Zimmer. Bei dem Gedanken, Marilyn anrufen und sie auch noch abholen zu müssen, wurde mir schwarz vor Augen. Bestimmt würden mir ihre Eltern misstrauisch begegnen und ihre Geschwister mich grinsend begutachten.

Nachdem ich dreimal zum Telefon gelaufen, es angestarrt und wieder in mein Zimmer gegangen war, fasste ich mir endlich ein Herz und wählte ihre Nummer. Ich hatte Glück. Sie kam selbst an den Apparat und war sogar damit einverstanden, dass wir uns an der Straßenbahnhaltestelle treffen würden. Der Hausbesuch blieb mir also erspart.

3. Kapitel

Normalerweise habe ich kein Problem damit, an einem Wochenende bis mittags zu schlafen. Ausgerechnet an diesem Samstag war ich natürlich um acht Uhr morgens hellwach. Der längste Vormittag meines Lebens begann. Doch auch der war irgendwann einmal vorüber. Mein Vater versorgte mich mit einem entsprechenden Schal und steckte mir auch noch ein paar Mark zu. Schließlich müsse man das Mädchen beim ersten Rendezvous mindestens zu einer Cola einladen können, meinte er. In meinen Ohren hörte sich das alles sehr bedrohlich an.

An der Haltestelle wartete Marilyn schon auf mich. Ich ging auf sie zu, und es geschah etwas, das ich mir nicht erklären konnte. Wir kannten uns schon seit dem ersten Tag an dieser Schule. Wir sahen uns täglich, ich hatte jahrelang mit ihr geredet wie mit jedem aus meiner Klasse und auch auf dem Fußballplatz war es nicht anders. Und nun standen wir uns gegenüber, sahen uns an und nichts war mehr wie vorher. Ich wusste einfach nicht, was ich sagen sollte. Es war, als stünde ein anderes Mädchen vor mir.

»Hallo«, sagte ich endlich.

»Hallo.«

Dann war wieder Sendepause. Es ging ihr anscheinend ähnlich wie mir. Die Straßenbahn kam. Wir stiegen ein. Da es eine der ersten Haltestellen auf dem Weg zum Stadion war, konnten wir uns einen Sitzplatz aussuchen. Wir setzten uns gegenüber. Sie lächelte mich an. Ich lächelte zurück. Sie beugte sich vor und tippte mir mit dem Finger auf die Brust.

»Einen schönen Schal hast du da. Ist das deiner?«

Ich sah an mir herunter. »Den hat mir mein Vater überlassen. Er hat gemeint, der gehöre dazu. Hast du keinen?«

»Nee, in meiner Familie steht niemand auf Fußball. Ich selbst ja auch nicht – bis vor Kurzem.«

Endlich war ein Gespräch in Gang gekommen. »Freust du dich auch schon auf das Spiel?«, fragte ich sie.

Sie nickte. Dabei sah sie auf meinen Schal. Plötzlich kam mir der Gedanke, dass sie mit ihrer Frage nach dem Schal etwas bezweckt haben könnte.

»Du kannst den Schal anziehen, wenn du willst«, sagte ich aufs Geratewohl.

Volltreffer! Sie strahlte mich an. »Echt?«

Ich nahm den Schal ab und reichte ihn ihr.

»Aber ich kann mir auch einen eigenen kaufen, wenn du ihn lieber behalten willst.«

»Brauchst du nicht, nimm ihn ruhig.«

»Danke! Nur für das Spiel. Danach bekommst du ihn zurück.«

Sie nahm den Schal. Dabei berührte sie wie zufällig

meine Hand. Auch das hatte sie in der Schule schon oft getan, meistens sogar absichtlich, und doch fühlte es sich dieses Mal ganz anders an.

Von da an schwatzten wir, wie wir es immer taten, wenn wir zusammen waren. Trotzdem spürte ich, dass sich etwas geändert hatte. Es war so, als wüssten wir etwas voneinander, was außer uns niemand wusste.

Ich hatte nicht viel Zeit, darüber nachzudenken. Immer mehr Fußballfans strömten in die Bahn. Sie hatten sich genau wie wir mit den Farben unseres Vereins geschmückt. Nur wirkten wir mit unserem einsamen Schal fast nackt gegen sie. Sie trugen Mützen und Trikots, auf denen die Namen und Rückennummern von Spielern aufgedruckt waren. Manche von ihnen hatten sich zwei oder mehr Schals um die Hüften oder die Handgelenke gebunden. Am meisten aber faszinierten mich die ärmellosen Jeanswesten, die von Aufnähern mit wüsten Sprüchen darauf übersät waren. Ich konnte gar nicht mehr aufhören, sie zu lesen.

Als in der Bahn kaum noch Platz zum Stehen und noch weniger Luft zum Atmen war, stimmte plötzlich jemand eines der Lieder an, die sie immer im Stadion singen. Mein Vater hatte mir davon erzählt und mir zum Spaß auch ein paar davon vorgesungen. Einen Augenblick später hatte sich die Straßenbahn in einen fahrenden Gesangverein verwandelt. Ohne Pause wurde ein Lied nach dem anderen gesungen. Als wir am Stadion eintrafen, klingelten mir die Ohren von dem vielen Lärm.

Irgendwie schaffte ich es, heil aus der Bahn zu kommen, ohne Marilyn aus den Augen zu verlieren. Kaum waren wir ausgestiegen, wurden wir auch schon weitergeschoben. Aus allen Richtungen trafen Busse und Straßenbahnen ein, aus denen Fußballfans quollen. Es war, als habe sich die ganze Stadt hier verabredet. Vorher hatte ich mich gefragt, ob ich den Weg zum Eingang des Stadions wohl finden würde. Diese Sorge war unbegründet gewesen. Wir wurden in dem Menschenstrom dorthin geschoben.

Was in der Bahn begonnen hatte, setzte sich nun fort, nur viel lauter und schriller. Überall waren Lieder und Sprechchöre zu hören. Die Texte waren zum Teil noch wüster als die Sprüche auf den Aufnähern. Wenn ich einen davon zu Hause anbrächte, wäre mir ein längerer Vortrag gewiss.

Noch nie in meinem Leben hatte ich so viele unterschiedliche Menschen bei ein und derselben Veranstaltung gesehen: Familien mit Kindern, denen die Schals beinahe bis auf die Füße reichten, Typen, denen ich nicht gerne im Dunkeln begegnet wäre, Leute, die aussahen, als kämen sie gerade aus dem Büro, Jugendliche, die umherwankten und grölend ihre Bierdosen hochhielten. Links und rechts des Wegs waren fast jeder Busch und jeder Baum besetzt. Ich fragte mich, ob es wohl Toiletten im Stadion gab.

Plötzlich leuchteten in dem Meer unserer Vereinsfarben ein paar fremde Farbtupfer. Das mussten die Fans des gegnerischen Vereins sein. In meinem Magen regte sich ein ungutes Gefühl. Einige Male schon hatte ich von wüsten Schlägereien oder noch Schlimmerem zwischen gegnerischen Fußballfans gehört. Doch ich wurde schnell beruhigt. Die Gegner wurden zwar mit deftigen Sprechchören bedacht, was diese mit entsprechenden Sprüchen beantworteten, trotzdem hatte das alles nichts Bedrohliches oder Gefährliches. Beide Seiten schienen sogar Spaß an den gegenseitigen Beschimpfungen zu haben. Ein Fußballspiel lief wohl doch friedlicher ab, als ich es befürchtet hatte. Vielleicht lag es aber auch an den vielen Polizisten, die die vorbeiziehende Horde mal gelangweilt, mal amüsiert beobachteten.

Das alles war wirklich nichts für empfindliche Gemüter oder Leute mit Platzangst.

»Ein Fußballspiel ist keine Ballettvorstellung«, hatte mein Vater mal gesagt. »Da darf man nicht empfindlich sein. Entweder man liebt es oder man hasst es.«

Ich begann zu begreifen, was er damit gemeint hatte. Ich hatte noch nicht einmal den Rasen des Spielfeldes gesehen und erst recht nicht das Spiel selbst, doch ich wusste schon jetzt, dass ich zu denjenigen gehören würde, die es liebten.

Bei dem Trubel um mich herum hatte ich Marilyn beinahe vergessen. Sie ging immer noch neben mir. In dem Augenblick, als ich mich zu ihr umdrehte, sah auch sie mich an – ganz erwartungsvoll. Mir fiel aber in dem Moment überhaupt nichts ein, was ich ihr hätte sagen können.

»Und?«, fragte ich sie deshalb.

Sie zuckte mit den Schultern. »Mal sehen, wie das Spiel wird.«

Wir waren am Eingang zum Stadion angekommen und zeigten brav unsere Eintrittskarten vor. Bevor man uns dort durchließ, wurden wir gründlich gefilzt, so wie alle anderen auch. Ich war ganz froh darüber, denn wer weiß, was so mancher von den Jeansjacken-Typen sonst ins Stadion geschmuggelt hätte. Aus den Augenwinkeln konnte ich Marilyn beobachten. Ihrem Gesichtsausdruck nach zu urteilen, war sie wohl nicht so begeistert davon.

Bis zum eigentlichen Stadion mussten wir noch ein ganzes Stück laufen. Überall waren Stände aufgebaut, an denen Fanartikel, Getränke, Würstchen und Erbsensuppe verkauft wurden. Mein Magen meldete sich. Als ich jedoch die Preise an den Verkaufsständen sah, verging mir der Appetit wieder.

Am Eingang zu den Tribünen wurden wir noch einmal kontrolliert. Hinter der Kontrolle waren noch mehr Verkaufsstände aufgebaut. Ich erinnerte mich an den Rat meines Vaters.

»Willst du eine Cola?«, fragte ich Marilyn.

»Gerne.«

Ich sah mich um. Vor allen Ständen drängten sich die Leute in dichten Trauben. Ich suchte mir einen Stand aus und stellte mich an. Nach einer Ewigkeit und vielen Rippenstößen und Fußtritten stand ich endlich an der Theke. Ein Blick auf die Preistafel genügte, um zu wissen, dass das Geld meines Vaters nicht für zwei Colas reichte. Ich kaufte eine und kämpfte mich zu Marilyn zurück.

Sie empfing mich mit genervtem Gesicht. »Das hat ja ewig gedauert. Gibt's da was umsonst?«

»So würde ich das nicht sagen«, antwortete ich und reichte ihr die Cola.

»Und du?«

»Ich habe keinen Durst.«

Wir mussten eine Weile suchen, bis wir den Eingang gefunden hatten, der zu den Sitzplätzen führte, die auf unseren Karten angegeben waren. Wir gingen hindurch und ich konnte zum ersten Mal einen Blick auf das gesamte Stadion werfen. Ich hatte mir schon öfter Fußballspiele im Fernsehen angesehen und mir eingebildet, ich wisse, wie es in einem Fußballstadion aussieht. Doch nun war mir klar, wie sehr ich mich getäuscht hatte.

Obwohl wir am oberen Rand der steil abfallenden Zuschauerränge standen, erschien mir das Spielfeld viel näher und größer, als ich es erwartet hatte. Auf dem Rasen machten sich die Spieler warm. Ich konnte jeden Einzelnen genau erkennen.

Wohin ich auch sah, waren Menschen, und es kamen immer mehr. Überall wurden Fahnen geschwenkt, Schals und Spruchbänder in die Höhe gehalten. Alles leuchtete in unseren Vereinsfarben. Nur in der Kurve auf der anderen Seite des Stadions sah ich die Farben unserer Gegner. Zwischen ihnen und den Fans unserer Mannschaft hatte sich eine Reihe Polizisten aufgestellt. Ganz so friedlich schien es wohl doch nicht immer zuzugehen.

Marilyn und ich stiegen die Stufen hinunter. Während wir nach unseren Plätzen suchten, dröhnten mir wieder der Gesang und die Sprechchöre in den Ohren. Auf dem Weg zum Stadion war noch vieles durcheinandergegangen, doch jetzt sangen und brüllten sie wie aus einer Kehle.

Unsere Plätze befanden sich ganz in der Nähe der Kurve unserer Fans. Das musste die Nordkurve sein, von der mir mein Vater schon oft erzählt hatte. Da gab es zwar nur Stehplätze, aber dort waren auch, so hatte er gesagt, die richtigen Fans. Das stimmte anscheinend wirklich. Von dort kamen die lautesten Gesänge und dort wurden die meisten Fahnen und Schals geschwenkt.

Marilyn war deutlich anzusehen, wie froh sie war, als wir unsere Plätze endlich gefunden hatten. Neben ihr saßen drei ältere Männer, die den Rentnern sehr ähnlich sahen, die uns während unseres Trainings genervt hatten. Kurz nach uns kam ein Mädchen und setzte sich neben mich. Sie musste etwa so alt sein wie wir. Sie war eine der wenigen Zuschauerinnen, die ganz normale Kleidung trugen und sich auch keinen Schal umgehängt hatten. Vielleicht war sie ja auch eine Anhängerin der gegnerischen Mannschaft und traute sich nicht, es hier zu zeigen.

Ich achtete nicht weiter auf sie, denn es wurde spannend. Der Stadionsprecher gab die Mannschaftsaufstellungen bekannt. Inzwischen konnte ich im Stadion keinen einzigen freien Platz mehr entdecken. Die Aufstellung des Tabellenführers wurde mit einem gellenden Pfeifkonzert bedacht. Doch dann kam unsere Mannschaft an die Reihe. Der Stadionsprecher las dabei nicht einfach nur die Namen vor. Er brüllte nur die Vornamen ins Mikrofon und das ganze Stadion antwortete ihm noch lauter mit den Nachnamen der Spieler. Ich hätte gern mitgeschrien, doch leider kannte ich die Namen nicht so gut. Ich nahm mir vor, meinen Vater zu bitten, sie mir aufzuschreiben, damit ich sie auswendig lernen könnte.

Kaum dass alle Spieler gebührend begrüßt worden waren, erschienen die beiden Mannschaften auf dem Spielfeld.

Am Anfang hatte ich ja noch geglaubt, die Gesänge und Sprechchöre vor dem Spiel wären laut gewesen, aber welchen Lärm viele Menschen in einem Stadion wirklich verursachen können, bekam ich erst jetzt zu hören. Marilyn kniff die Augen zusammen und hielt sich die Ohren zu. Ich dagegen brachte ein erstes zaghaftes »Juhu« über die Lippen. Etwas Besseres war mir nicht eingefallen. Als ich wieder zum Rasen sah, hatte das Spiel bereits begonnen. Der Anpfiff war in dem Getöse untergegangen.

Ich war vom ersten Augenblick an voll dabei. Bei jedem Angriff, der unsere Spieler bis vor das gegnerische Tor brachte, bekam ich Herzklopfen voll freudiger Erwartung auf ein mögliches Tor, und ich zitterte mit, wenn die gegnerische Mannschaft gefährlich nahe an unseren Strafraum herankam.

Der Lärm im Stadion wechselte ständig zwischen Jubeln und Pfeifen, je nachdem ob unsere Spieler oder unsere Gegner im Ballbesitz waren.

Nach einigen Minuten wurde es etwas ruhiger im Stadion. Nur die Nordkurve stimmte in regelmäßigen Abständen Gesänge und Sprechchöre an.

Unsere Mannschaft stürmte gleich von der ersten Minute an. Aber auch ihre Gegner hielten sich nicht gerade im Hintergrund. Was die Spieler dabei mit dem Ball machten, sah gar nicht so schwierig aus – wenn man noch nie Fußball gespielt hat. Doch ich hatte inzwischen ja meine Erfahrungen gemacht. Ich wusste nur zu genau, wie sehr es anstrengte, auch nur ein einziges Mal über den Platz zu laufen und dabei den verflixten Lederball einigermaßen unter Kontrolle zu halten.

Das Spiel interessierte mich auch aus diesem Grund. Ich wollte wissen, wie diese Profis das machten. Vielleicht konnte ich ja von ihnen lernen. Ich sah sehr genau hin, doch es nutzte nicht viel. Ich konnte mir nicht erklären, wie diese Typen da unten auf dem Rasen es schafften, vieles so spielerisch leicht aussehen zu lassen. Es ärgerte mich. Ich musste meine neidische Bewunderung bremsen, sonst würde mir das Zuschauen bald keinen Spaß mehr machen.

Ich ließ mich wieder von den Liedern der Fans mitreißen. Manchmal summte ich leise mit und merkte mir den Text. Mitzusingen traute ich mich noch nicht, denn ich wusste nicht, wie Marilyn darauf reagieren würde.

In einer Gesangspause hörte ich plötzlich etwas, das mir sehr bekannt vorkam:

»Guck dir an, wie die spielen, die Waschlappen!«

»Viel fu langfam!«

»Halten den Ball nicht am Fuß!«

Ich beugte mich vorsichtig vor und sah an Marilyn vorbei. Sie waren es tatsächlich! Ich hatte sie vorher nicht erkannt, weil der Typ mit der Nelke keinen Hut trug und auch der zitternde Hund nicht dabei war.

Ich stieß Marilyn an. »Guck mal ganz unauffällig, wer neben dir sitzt.«

Sie drehte langsam den Kopf herum, zuckte zusammen und sah gleich wieder zu mir.

»Mensch, was machen die denn hier? Hoffentlich erkennen sie uns nicht.«

Kurz darauf pfiff der Schiedsrichter die erste Halbzeit ab. Leider war noch kein Tor gefallen. Die Mannschaften hatten das Spiel ausgeglichen gestaltet, wie ein Fußballreporter sagen würde.

Um uns herum erhoben sich die Zuschauer und drängten die Treppe hinauf. Auch Marilyn musste mal weg, wie sie sagte.

Ich zeigte den Fußballexperten neben uns meinen Rücken und hoffte, sie würden mich nicht erkennen. Erst jetzt fiel mir wieder das Mädchen neben mir auf. Sie hatte ihren Blick auf das Fußballfeld gerichtet, auf dem gerade die Ersatzspieler Übungen machten, um sich warm zu halten. So konnte ich sie mir genauer ansehen. Ihre Nase war mit Sommersprossen übersät. Plötzlich sah sie mich an. Möglicherweise hatte sie meinen Blick gespürt. Nun waren ihre Sommersprossen erst richtig zu sehen. Die passten sehr gut zu ihren grünen Augen und den dunkelroten Haaren. Sie war mir gleich sympathisch.

»Kennst du die drei?«, fragte sie mich unvermittelt.

Ich erschrak. »Äh – ja. Du auch?«

Sie lachte laut auf. Auch das gefiel mir sehr.

»Allerdings«, sagte sie, immer noch lachend. »Die sind im ganzen Verein bekannt. Sie sind fast bei jedem Training dabei und geben ihre Expertenkommentare ab.«

An der Art, wie sie das sagte, war deutlich zu hören, dass sie von den drei nervenden Rentnern genauso viel hielt wie ich.

»Welchen Verein meinst du?«, fragte ich sie.

»Den FC! Welchen denn sonst? Wenn die Profis trainieren, stehen die drei am Spielfeldrand und nerven mit ihren Sprüchen.«

»Das kann ich mir lebhaft vorstellen. Woher weißt du das überhaupt?«

Wieder lachte sie. »Ach so, das habe ich ja noch gar nicht gesagt. Mein Vater ist Jugendtrainer beim FC. Außerdem spiele ich selbst auch.«

»Beim FC?«

»Die haben leider keine Mädchenmannschaft. Aber ich

bin öfter dabei, wenn die Jungs trainieren, und sehe meinem Vater zu. – Warum guckst du so? Glaubst du mir nicht?«

»Doch, doch! Klar glaube ich dir. Ich finde das nur irgendwie – spannend.«

»Das finde ich auch. Ich heiße übrigens Sarah.«

Sie streckte mir ihre Hand hin. Ich nahm sie. Es war nicht genau das gleiche Gefühl wie vorher bei Marilyn. Es war eher so, als würden wir uns schon länger kennen.

»Björn, aber die meisten nennen mich Knubbel«, sagte ich und zeigte auf meinen Bauch. »Deswegen.«

»Das ist aber nicht sehr nett«, sagte sie sehr ernst.

Dieses Mal lachte ich. »Kein Problem! Mir macht es nichts aus. Mittlerweile nennt mich außer meinen Eltern fast jeder so. Auf Björn würde ich wahrscheinlich gar nicht mehr hören.«

Ich hatte bisher noch nie daran gedacht, dass es bei so bekannten Vereinen wie dem FC auch eine Jugendmannschaft gab. Aber warum sollte es dort eigentlich anders sein als in den anderen Vereinen?

»Wie läuft denn das so in der Jugendmannschaft von deinem Vater?«, fragte ich sie. »Kann da jeder einfach so mitmachen?«

»Nee, so einfach ist das nicht. Mein Vater und auch andere Leute aus dem Verein fahren durch die Gegend und sehen sich Spieler bei den kleineren Vereinen an. Und wenn sie sehen, dass da jemand ist, der Talent hat, laden sie ihn zum Probetraining ein. Das macht der dann mit. Danach wird entschieden, ob er bleiben darf.«

»Und wann darf man bleiben?«

Über Sarahs Gesicht huschte ein Lächeln. »Wenn man gut genug ist.«

Für einen Augenblick war mir der Gedanke gekommen, ob es mir wohl Spaß machen würde, in einem richtigen Verein zu spielen. Doch für »gut genug« war ich wohl nicht gut genug.

»Und du?«, fragte Sarah mich wie auf ein Stichwort. »Spielst du auch in einem Verein?«

»Nicht gerade in einem Verein, ich bin in einer Schulmannschaft. Wir haben in diesem Jahr beim Schulpokal mitgemacht.«

»Ach ja. Davon habe ich gehört.«

»Hat deine Schule nicht mitgespielt?«, fragte ich sie.

»Ich gehe nicht hier zur Schule. Wir wohnen in einer anderen Stadt.«

Gerade wollte ich sie fragen, wo genau sie wohnte, da sah ich eher zufällig hoch und erschrak. Marilyn stand genau vor uns und guckte mich nicht gerade sehr freundlich an. Ich hatte nicht bemerkt, dass sie gekommen war. Möglicherweise hatte sie schon eine ganze Weile dort gestanden und war deshalb sauer.

»Das ist Sarah«, sagte ich, mehr aus Verlegenheit. »Und das ist Marilyn.«

In dem Augenblick, als es mir über die Lippen kam, wusste ich, was ich getan hatte. Marilyn sah auf mich hinunter. Ihr Blick verwandelte sich in einen Laserstrahl. Ich hatte mich verplappert. Marilyn hasste ihren Spitznamen!

Sarah ahnte davon nichts. Sie nickte freundlich. »Hallo, Marilyn!«

Marilyn nickte wesentlich weniger freundlich zurück. »Hallo.«

Sie schob sich an Sarah und mir vorbei, setzte sich wieder hin und starrte auf das Spielfeld.

Sarah glaubte also, Marilyn sei ihr richtiger Name. Das war immer noch wesentlich besser, als wenn ich ihr hätte erklären müssen, warum Marilyn Marilyn hieß.

»Ich habe mich gerade mit deinem Freund über Fußball unterhalten«, sagte Sarah da leichthin.

Oh nein! Wo war das Loch im Boden, in das ich versinken konnte?

Ein zweiter Laserstrahl traf mich. »Hat er das gesagt?«, fragte Marilyn Sarah. »Ihr habt euch ja wirklich gut unterhalten.«

»Nein, er hat nichts gesagt. Ich dachte nur – ist er denn nicht dein Freund?«

Sarah und Marilyn sahen mich an. Sollte ich diese Frage etwa beantworten? Was sollte ich sagen? Ich hatte keine Lust, in ein Aschehäufchen verwandelt zu werden.

Sarah rettete mich. »Tut mir leid. Ich wollte mich nicht in eure Privatsachen mischen. Es geht mich ja auch nichts an.«

»Eben«, zischte Marilyn, und ich hoffte, dass Sarah es nicht gehört hatte.

Der Schiedsrichter pfiff die zweite Halbzeit an. Ich war ihm sehr dankbar dafür.

Die zweite Halbzeit unterschied sich nicht sehr von der ersten. Die Spieler auf dem Platz gaben ihr Bestes und die Fans brüllten sich die Seele aus dem Leib. Trotzdem zog mich das alles nicht mehr so sehr in seinen Bann, wie es noch in der ersten Halbzeit gewesen war. Dafür machte ich mir umso mehr Gedanken über die beiden Mädchen, die links und rechts neben mir saßen. Marilyn war sauer, zumindest war sie nicht gerade begeistert, dass ich mich mit Sarah so gut unterhalten hatte. Aus den Augenwinkeln sah ich sie an. Sie hielt ihren Blick stur auf das Spielfeld gerichtet. Trotzdem war ich mir nicht sicher, ob sie das Spiel wirklich interessierte oder ob sie an etwas anderes dachte. Sarah dagegen richtete ihre Aufmerksamkeit voll auf das Spiel. Sie jubelte und schimpfte lautstark, je nachdem was unsere Mannschaft auf dem Platz mit dem Ball anstellte.

Ich fragte mich, warum Marilyn so sauer auf Sarah reagiert hatte. Sie war doch sehr nett und freundlich. Außerdem passten ihre Sommersprossen wirklich toll zu ihrem Gesicht. Aber das interessierte Marilyn wahrscheinlich eher weniger.

Ich war so sehr mit Marilyn und Sarah beschäftigt, dass ich beinahe das Tor unserer Gegner verpasst hätte. Durch das Stadion ging ein lautes Stöhnen, während das Häuflein gegnerischer Fans begeistert seine Fahnen schwenkte.

Das war natürlich Wasser auf die Mühlen unserer Fußballrentner. Sie waren sich einig darüber, dass sie ja schon immer gesagt hatten, dass unsere Mannschaft aus einem Haufen von Nichtskönnern bestünde und früher alles viel besser gewesen sei.

Auch Marilyn hatte sich wütend auf die Schenkel geschlagen. Sie war wohl doch mehr an dem Spiel interessiert, als ich gedacht hatte.

Ich war enttäuscht. Ich war zum ersten Mal live bei einem Spiel des FC dabei. Und nun würden sie wahrscheinlich verlieren. Doch zum Glück straften unsere Spieler die drei Nörgler neben uns Lügen und ließen mich etwas miterleben, das ich so nicht erwartet hätte. Nur ein paar Minuten später schossen sie den Ausgleich!

Was in diesem Augenblick im Stadion los war, lässt sich nur schwer beschreiben. Wie auf ein Kommando sprangen alle Zuschauer von ihren Sitzen auf und jubelten und schrien, dass mir fast das Trommelfell platzte. Sie lagen sich in den Armen, und erwachsene Leute hüpften herum, wie Tina es immer macht, wenn sie ausnahmsweise einmal länger fernsehen darf.

Auch Sarah, Marilyn und ich waren aufgesprungen. Ich überlegte einen Augenblick, ob ich Marilyn auch in den Arm nehmen sollte. – Oder Sarah? – Oder beide? Ich ließ es ganz, denn bevor ich mich entschieden hatte, saßen schon wieder alle auf ihren Plätzen. Die Lieder und Sprechchöre, die nach dem Rückstand sehr leise geworden waren, setzten nun wieder in voller Lautstärke ein.

Es blieb bei dem Unentschieden. Trotzdem rissen die Gesänge auch nach dem Schlusspfiff nicht ab. Es gab sogar Applaus. Das lag sicher daran, dass unsere Mannschaft bis zur letzten Minute gekämpft und alles versucht hatte. Außerdem hatten sie gegen den Tabellenführer gespielt. Da war ein Unentschieden nicht so schlecht.

Sarah stand auf. »Also dann, tschüs. Wenn ihr Lust habt, könnt ihr ja mal zum Training kommen.«

»Mal sehen«, antwortete Marilyn, bevor ich es tun konnte. So wie sie es gesagt hatte, hielt sich ihre Lust, auf Sarahs Vorschlag einzugehen, wahrscheinlich sehr in Grenzen.

Dafür interessierte es mich umso mehr! Nur hatte ich keine Ahnung, wann und wo dieses Training stattfand. Ich überlegte einen Augenblick, ob ich Sarah danach fragen konnte, ohne dass Marilyn wütend würde.

»Wann ist denn das Training deines Vaters?«, rief ich Sarah nach, als sie schon auf der Treppe stand. »Und wo?«

Sie drehte sich noch einmal um und lächelte mich an. »Montags, mittwochs und freitags um halb drei auf dem Platz neben dem Stadion. Aber ich gehe meistens gleich nach der Schule hin und sehe mir das Training der ersten Mannschaft an.«

Sie winkte mir noch einmal zu, dann war sie in dem Gewühl, das mittlerweile auf der Treppe herrschte, verschwunden.

Ich drehte mich langsam zu Marilyn um. Ihrem Blick nach zu urteilen, würde unser Heimweg kein sehr fröhlicher werden.

»Sollen wir auch gehen?«, fragte ich sie.

Sie nickte, stand auf und ging an mir vorbei.

4. Kapitel

Auf dem Weg zurück zur Haltestelle herrschte ein noch schlimmeres Gedränge und Geschiebe als auf dem Hinweg. Ein paarmal hätte ich Marilyn fast aus den Augen verloren. Das Beste wäre gewesen, wir hätten uns an die Hand genommen. Eine innere Stimme sagte mir aber, dass jetzt nicht der richtige Zeitpunkt dafür war.

Im Stadion waren nach dem Spiel immer noch von überall her Gesänge und Sprechchöre zu hören gewesen. Je näher wir jedoch der Haltestelle kamen, desto ruhiger wurde es um uns herum. Wahrscheinlich hatten sich mittlerweile auch die fanatischsten Fans heiser geschrien.

Obwohl ich noch nie so viele Menschen auf eine einzige Straßenbahnhaltestelle hatte zulaufen sehen, mussten wir nicht warten. Es standen bereits mehrere Bahnen dort.

Seit wir von unseren Plätzen aufgestanden waren, hatten Marilyn und ich nicht ein einziges Wort gewechselt. Zwischen uns war eine Spannung, als wäre die Luft elektrisch aufgeladen. Ich spürte, wie Marilyn darauf wartete, dass ich etwas sagte. Mir fiel aber absolut nichts ein.

Als wir in die Bahn stiegen, war schon jeder Sitzplatz besetzt. Immer mehr Leute drängten sich hinein. Und als wir endlich losfuhren, standen zwei Typen zwischen Marilyn und mir. Auch sie trugen Jeanswesten, die mit Aufnähern geschmückt waren. Ich hatte allerdings nicht mehr so viel Spaß daran, sie zu lesen. Ich hoffte nur, dass die beiden vor uns ausstiegen. Doch auch daraus wurde nichts. Als wir an unserer Haltestelle eintrafen, standen sie immer noch zwischen uns.

Dann waren wir ausgestiegen. Marilyn sah mich fragend an. Nun musste etwas geschehen!

»Ich bringe dich noch nach Hause«, sagte ich, ohne zu überlegen.

Endlich schien ich einmal etwas richtig gemacht zu haben. Ein flüchtiges Lächeln huschte über ihr Gesicht.

»Na, dann komm«, sagte sie und lief auch schon los.

Nach ein paar Schritten hatte ich sie eingeholt. Ich musste die Gunst der Stunde nutzen.

»Hat dir das Spiel gefallen?«, fragte ich sie.

Sie nickte. »Das Spiel hat mir gut gefallen.«

»Und sonst?«, fragte ich blöderweise.

Sie sah mich an und zog eine Augenbraue hoch. Ich musste wohl noch eine Menge lernen.

»Willst du zu diesem Training gehen?«, fragte sie mich plötzlich, als wir schon wieder eine Weile schweigend nebeneinander hergelaufen waren.

Jetzt nur keinen Fehler machen!

»Mal sehen. Ich weiß noch nicht, ob ich Lust dazu habe«, sagte ich vorsichtig. Dabei beobachtete ich Marilyns Gesicht sehr genau. Es verriet mir nichts.

»Und du? Willst du hingehen?«

»Kaum.«

Obwohl ich keine andere Antwort erwartet hatte, war ich doch enttäuscht. Marilyn konnte Sarah wohl wirklich nicht besonders gut leiden. Ich fragte mich, warum das wohl so war.

Kurz darauf standen wir schon vor ihrem Haus. Sie blieb stehen und sah mich an. Plötzlich kam mir der Gedanke, dass sie vielleicht noch gar nicht nach Hause wollte. Vielleicht konnten wir ja noch ein Eis essen gehen oder einen Hamburger?

»Dann bis Montag«, sagte sie, drehte sich um und lief zur Haustür. Im gleichen Augenblick summte schon der Türöffner. Wahrscheinlich hatte ihre Familie uns schon vor der Tür stehen sehen. Mit Schaudern dachte ich daran, dass ihre ganze Sippe hinter einem der Fenster stehen und sich über mein blödes Gesicht amüsieren könnte.

Marilyn winkte mir noch einmal zu, dann schloss sich die Tür hinter ihr.

»Du hast meinen Schal noch«, sagte ich leise.

Meine Mutter empfing mich an unserer Wohnungstür. Tina stand neben ihr und sah mich mit großen Augen an. Wahrscheinlich platzte sie fast vor Neugier.

»War ganz gut«, sagte ich knapp, bevor sie mich überhaupt fragen konnten.

»Ganz gut!«, rief Tina. »Ich habe das Spiel im Radio gehört. Das war doch echt spannend! Wenn Papa mir die Karten geschenkt hätte, ich hätte mich bestimmt mehr gefreut!«

»Nun gib endlich Ruhe, Tina!«, wies meine Mutter sie zurecht. »Du wirst schon nicht zu kurz kommen. Das habe ich dir doch versprochen.«

Ich konnte mir lebhaft vorstellen, wie Tina den ganzen Nachmittag über meine Eltern damit genervt hatte, dass mein Vater mir zwei Karten für das Spiel geschenkt hatte, während sie zu Hause bleiben musste. Ich hatte keine Lust, mich mit meiner kleinen Schwester zu zanken, und ging ins Wohnzimmer. Mein Vater saß vor dem Fernseher und sah sich, wie jeden Samstag, die Sportsendung an.

»Du kommst leider zu spät, Björn«, sagte er, ohne die Augen von der Glotze zu nehmen. »Gerade haben sie Ausschnitte von dem Spiel gezeigt. Das muss ja wirklich spannend gewesen sein. Und wir hätten sogar noch gewinnen können. Aber das war schon immer typisch für den FC. Die brauchen zehn Chancen, bis sie ein Tor machen.«

Als ich nichts sagte, drehte sich mein Vater doch noch zu mir um.

»Was ist los? Hat es dir nicht gefallen?«

»Doch, doch!«, rief ich schnell. »Das Spiel war klasse. Und die Stimmung auch! Das ist wirklich ganz anders, als wenn man vor dem Fernseher sitzt. Noch mal danke für die Karten, Papa. Auch von – ihr.«

Mein Vater grinste mich an. »Bitte schön! Gern geschehen. Und wie war es sonst? Gibt es etwas Neues an der Liebesfront?«

»Papa! Sag doch nicht immer so was!«

»Entschuldigung. Aber seid ihr euch denn etwas näher gekommen?«

»Zuerst ja, aber dann war sie wohl etwas wütend darüber, dass ich mich nicht so viel mit ihr unterhalten habe.«

Eltern müssen nicht immer alles wissen, finde ich.

Mein Vater nickte. »Das war ein Fehler, mein Junge. Die Frauen mögen es meistens nicht so sehr, wenn man sich mehr für Fußball als für sie interessiert. – Sag mal, wo ist eigentlich mein Schal? Du hast ihn doch nicht verloren?«

»Nein, ich habe ihn ihr geliehen. Sie hat nur vergessen, ihn mir zurückzugeben.«

Wieder grinste mein Vater. »Ach so. Aber lass ihn dir bitte zurückgeben. Ich möchte ihn wiederhaben. Da hängen zu viele Erinnerungen dran.«

Noch während ich es ihm versprach, überlegte ich fieberhaft, ob ich Marilyn ausdrücklich gesagt hatte, dass ich ihr den Schal nicht geschenkt, sondern nur geliehen hatte. Ich hoffte es sehr. Denn wenn nicht, hatte ich ein Problem.

Als ich Marilyn in der Umkleidekabine einen Kuss gegeben hatte, war der Sonntag danach für mich sehr unruhig gewesen. Nun war es wieder so. Aber war Marilyn wirklich der Grund dafür? Wenn ich ehrlich war, trug nicht allein sie die Schuld daran, dass ich beinahe den ganzen Sonntag über in meinem Zimmer herumlief und grübelte, bis mir der Kopf rauchte. Ich dachte mindestens so oft an Sarah wie an Marilyn. Eigentlich fand ich Marilyn viel hübscher. Nur mit Sarah hatte ich mich gleich so gut unterhalten können. Es musste sicher toll sein, von ihrem Vater entdeckt und in die Jugendmannschaft des FC geholt zu werden. Das war ja fast so wie bei den Profis. Andererseits wusste ich nur zu gut, dass es für mich wenig Sinn hatte, davon zu träumen. Wir waren mit unserem FC Streuselkuchen so weit von einem Profiliga-Jugendclub entfernt wie ein Kanarienvogel von einem Adler. Wir konnten schon froh sein, wenn wir beim nächsten Schulturnier bis in die Finalrunde kamen. Doch daran würde ich, das schwor ich mir an diesem Sonntag, alles setzen!

Als mich mein Wecker am Montagmorgen aus dem Schlaf riss, fühlte ich mich, als hätte ich überhaupt nicht geschlafen. Ich überlegte ernsthaft, meiner Mutter einen Grippeanfall vorzutäuschen, um mich so vor der Schule zu drücken. Ich verwarf den Gedanken gleich wieder. Erstens lässt sich meine Mutter nicht so leicht täuschen, und zweitens wusste ich ja nicht sicher, ob Marilyn wirklich sauer auf mich war. Das musste ich herausfinden.

Der alte Cäsar war einer Verschwörung zum Opfer gefallen. Das hatten wir im Geschichtsunterricht gelernt.

Ein paar Typen hatten sich zusammengerottet, um ihn dann hinterrücks erstechen zu lassen. Als sie sich trafen, um ihren Verrat zu planen, muss das ungefähr so ausgesehen haben wie das Bild, das sich mir bot, als ich auf den Schulhof kam.

Auf den ersten Blick hatte ich kapiert, was sich da abspielte. Doppelpass und Marilyn standen in einer Ecke und hatten die Köpfe zusammengesteckt. Marilyn redete ohne Pause auf die Zwillinge ein. Sie erzählte den beiden von unserem Besuch im Fußballstadion. Darauf hätte ich mein Taschengeld für die nächsten fünf Jahre gewettet.

Ich blieb in sicherer Entfernung stehen und beobachtete Fräulein Brutus und ihre Komplizinnen. Ich hätte zu gerne gewusst, was Marilyn über unseren Samstagsausflug erzählte. Eine Weile blieb ich unentdeckt, doch dann sah Doppelpass 2 zu mir herüber. Fast im gleichen Augenblick hörte Marilyn zu reden auf und alle drei sahen mich an. Das war der Beweis!

Ich winkte ihnen zu, rang mir ein gequältes Lächeln ab und schlenderte, so lässig ich konnte, auf den Eingang zu.

Ich konnte Marilyn und Doppelpass nicht weiter beobachten, da Kralle sich zu mir gesellte. Er erzählte mir begeistert von einem Film, den er sich am Wochenende im Kino angesehen hatte. Vielleicht hatte er meine Verabredung mit Marilyn vergessen, vielleicht war er aber auch nur ein guter Freund und wollte mich deshalb nicht mit Fragen nerven.

Als Marilyn und Doppelpass in die Klasse kamen, saß ich schon auf meinem Platz. Die Verschwörerinnen warfen sich noch einen kurzen Blick zu, dann gingen sie zu ihren Tischen. Als Marilyn auf mich zukam, sah sie mir in die Augen. Ich hielt ihrem Blick stand, auch wenn mein Herz bis zum Hals klopfte.

»Hallo«, sagte sie, als sie sich neben mich setzte. »Bist du gut nach Hause gekommen?«

»Ja, klar. Du auch?«

Sie sah mich an und verzog den Mund. Dann kramte sie in ihrer Tasche, zog den Schal meines Vaters heraus und reichte ihn mir.

»Den habe ich am Samstag ganz vergessen. Tut mir leid.«

»Kein Problem«, sagte ich leichthin und lächelte, so lässig es ging. Gut, dass sie nicht wusste, wie groß der Stein war, der mir vom Herzen fiel. Das Problem war also schon mal vom Tisch.

Die ersten vier Schulstunden liefen einigermaßen normal. Marilyn war zwar stiller als sonst, aber das musste nicht unbedingt heißen, dass sie mir die Sache mit Sarah noch nachtrug.

Die letzte Stunde hatten wir bei unserem Klassenlehrer. Zunächst schien es ein ganz normaler Englischunterricht zu werden. Kurz vor dem erlösenden Läuten hatte Pluto jedoch noch eine Überraschung für uns.

»Es gibt noch eine kleine Neuigkeit für unsere Fußballer. Am Wochenende habe ich mich mit dem SV Eiche in

Verbindung gesetzt. Morgen Nachmittag kann ich mit dem Mann reden, der für die Planung der Trainingszeiten zuständig ist. Ich werde mich mit ihm auf unserem Sportplatz treffen. Er trainiert dort eine der Jugendmannschaften. Sag deiner Mutter bitte Bescheid, Knubbel.«

Wie auf ein Stichwort meldete sich Asterix. Der sagt nie etwas, ohne vorher aufgezeigt zu haben.

»Soll Knubbel nicht auch mit Ihnen zu den Verhandlungen gehen, Herr Pluta? Schließlich ist er unser Kapitän!«

Ich war sprachlos. Über Asterix konnte ich mich nur noch wundern. Er ist in unserer Klasse als kleine Giftspritze bekannt, und er hätte bestimmt schon oft Prügel bezogen, wenn er seinen starken Freund Obelix nicht hätte. Doch seitdem er mit uns Fußball spielte, hatte er sich sehr verändert. Er war viel umgänglicher geworden, und manchmal dachte er sogar an die Mannschaft, wie zum Beispiel jetzt.

Ich wartete auf die Reaktion meiner Fußballkameraden. Da sie nichts sagten, waren sie einverstanden. Mir machte nur Sorgen, dass auch Marilyn sich nicht rührte. Sonst war sie immer die Erste, die in solchen Situationen lauthals verkündete, dass ich ganz bestimmt der Richtige für diese Aufgabe sei. Wie oft hatte ich deshalb schon Gelächter und Spott über mich ergehen lassen müssen. Sie war also immer noch nicht gut auf mich zu sprechen.

Plötzlich kam mir eine Idee. Sie war völlig verrückt, und ich durfte auch nicht länger darüber nachdenken, denn dann hätte ich sie bestimmt gleich wieder verworfen.

Deshalb rief ich gleich, ohne mich zu melden, in die Klasse hinein: »Ich will aber nicht allein gehen! Es soll noch jemand von der Mannschaft mitkommen.«

Pluto sah mich verständnislos an. »Nanu? Was ist denn mir dir los? Sonst kommst du doch ganz gut allein zurecht. Aber meinetwegen kann ja noch ...«

»Marilyn! Ich will, dass Marilyn mitkommt!«

Ich hatte den Satz noch nicht ganz ausgesprochen, da brach ein Gelächter in der Klasse los, wie ich es bis dahin noch nicht gehört hatte. Sogar Pluto grinste von einem Ohrläppchen bis zum anderen.

Mein Kopf glühte. Obwohl ich wusste, dass ich es dadurch nur noch schlimmer machen würde, sah ich zu Marilyn. Unsere Blicke trafen sich. Sie war wieder versöhnt!

»Wenn du es unbedingt willst«, meinte Pluto immer noch grinsend, »kann sie gerne mitkommen.«

In dem Augenblick läutete es.

Der Weg zum Schulhof wurde zum Spießrutenlauf für mich. Marilyn war als Erste aus der Klasse gegangen. An der Tür hatte sie sich noch einmal zu mir umgedreht und mich angelächelt. Ich wartete, bis alle anderen auch gegangen waren. Es nützte nichts. Sie warteten auf mich.

»Das scheint ja was mit euch zu geben« und: »Hat sie es endlich geschafft?«, waren noch die harmlosesten Sprüche, die ich mir anhören musste.

Nur bei Doppelpass hatte ich mit meinem kleinen Auftritt Eindruck machen können.

»Klasse, Knubbel!«, rief Doppelpass 1 mir im Vorbeigehen zu.

»Hätte ich dir gar nicht zugetraut«, pflichtete auch ihre Schwester ihr bei.

Irgendwie schaffte ich es, dieser Hölle zu entrinnen. Als ich auf der Straße vor unserer Schule stand, war ich endlich allein. Sehr langsam machte ich mich auf den Weg nach Hause. Ich musste nachdenken. Mit Marilyn hatte ich mich also wieder versöhnt. Aber war ich wirklich froh darüber? Es hatte nichts daran geändert, dass ich immer noch an Sarah denken musste. Was war nur los mit mir? Sollte mein Vater recht haben? Hatte ich mich tatsächlich verliebt? Aber in zwei Mädchen gleichzeitig? Während ich wie ein Schlafwandler einen Fuß vor den anderen setzte, sah ich Marilyns Gesicht vor mir, und dann wieder Sarahs. Als ich vor unserem Haus stand, war mir ganz schwindelig davon.

Auch während wir zu Mittag aßen, grübelte ich über Marilyn, Sarah und mich nach. Meine Eltern kannten mich lange genug, um zu wissen, wann mich etwas beschäftigte. Auf ihre Fragen gab ich nur ausweichende Antworten. Nach dem Essen beeilte ich mich, in mein Zimmer zu kommen. Ich wollte mich gleich an die Hausaufgaben setzen. Mir fiel ein, dass ich meiner Mutter noch nichts von der Verabredung mit dem SV Eiche gesagt hatte. Das hatte ich über meinen Grübeleien völlig vergessen.

Ich ging in die Küche und holte es nach. Sie sagte gleich zu und warf dabei meinem Vater einen triumphierenden Blick zu. Der tat jedoch so, als würde er es nicht bemerken.

Als ich wieder an meinem Schreibtisch saß, hoffte ich, mein Mathematikbuch würde mich auf andere Gedanken bringen. Ich hatte die erste Aufgabe noch nicht gelöst, da klopfte es an meine Tür. Es war meine Mutter. Sie setzte sich auf mein Bett, stützte ihr Kinn in beide Hände und sah mich an.

»So, und nun sagst du mir endlich, was mit dir los ist, mein Sohn.«

»Was soll denn mit mir los sein?«, rief ich etwas zu laut. »Gar nichts ist mit mir los!«

Meine Mutter schüttelte den Kopf, ohne die Hände von ihrem Kinn zu nehmen. »Das kannst du erzählen, wem du willst, aber nicht mir. Ich bin deine Mutter! Ich habe schon mit Papa gesprochen. Der sagt zwar, ich soll dich in Ruhe lassen, aber nun will ich es doch langsam wissen.«

»Hat Papa dir nichts erzählt?«

»Das hat er nicht. In dieser Familie scheint jeder mehr zu wissen als ich.«

Ich verstehe mich wirklich recht gut mit meinem Vater. In diesem Augenblick stieg er noch in meiner Achtung. Andererseits wusste ich, dass meine Mutter sich nicht eher von meinem Bett erheben würde, bis ich ihr gesagt hatte, was mich beschäftigte. Dazu kannte ich sie viel zu gut.

»Also gut«, seufzte ich. »Es geht um ein Mädchen – genauer gesagt um zwei Mädchen.«

Ich erzählte ihr die ganze Geschichte, von Anfang an. Ich ließ wirklich nichts aus. Als ich fertig war, hatte ich das Gefühl, meiner Mutter jeden meiner Gedanken erzählt zu haben.

Sie saß ganz ruhig da und hörte mir zu. Auch als ich nichts mehr sagte, sah sie mich noch eine Weile an. Dann stand sie auf und ging im Zimmer umher.

»Du hast ein Problem, Björn«, sagte sie, als ich es fast schon nicht mehr aushielt.

»Ach, tatsächlich?«

»Nein, nein, ich meine es ernst. Ich weiß nicht, was ich davon halten soll, dass du in deinem Alter schon eine Freundin haben sollst. Aber das ist wahrscheinlich das Problem aller Mütter und das meine ich auch gar nicht. Viel wichtiger ist, dass du dich entscheiden musst.«

»Aber das ist doch gerade mein Problem, Mama. Ich kann es nicht!«

Meine Mutter baute sich vor mir auf. Jetzt wurde es ernst.

»Nach dem, was du mir erzählt hast, sind diese beiden Mädchen doch sehr nett, oder?«

Ich nickte.

»Eben. Allein deshalb musst du dich entscheiden. Du darfst nicht mit ihren Gefühlen spielen. Das haben sie nicht verdient.«

»Aber das will ich doch auch gar nicht!«

»Dann musst du dich entscheiden.«

Das war leichter gesagt als getan. »Aber für wen soll ich mich denn entscheiden?«, rief ich.

Meine Mutter ging zur Tür. Als sie sie schon geöffnet hatte, drehte sie sich noch einmal zu mir um.

»Das, mein Junge, musst du ganz allein mit dir ausmachen.«

Ich starrte noch lange auf die geschlossene Tür. Gut, wenn man Eltern hat, die einem gute Ratschläge geben. Nur schade, wenn man so wenig damit anfangen kann.

Am nächsten Tag in der Schule war wieder alles so wie vor meinem Ausflug mit Marilyn ins Fußballstadion. Mit Pluto hatten wir vereinbart, uns am Nachmittag vor der Schule zu treffen. Als ich mit meiner Mutter dort eintraf, warteten Pluto und Marilyn schon auf uns. Die Erwachsenen begrüßten sich kurz, dann machten wir uns auf den Weg zum Sportplatz.

Es war schon ein seltsames Gefühl, die Spieler des SV Eiche auf *unserem* Platz herumlaufen zu sehen. In meinen Augen waren es Eindringlinge. Obwohl ich noch mit keinem von ihnen ein Wort gewechselt hatte, konnte ich sie schon jetzt nicht leiden.

Ohne uns abgesprochen zu haben, blieben wir in einiger Entfernung stehen und sahen ihnen beim Training zu. Wie es aussah, hatte die Mannschaft gerade mit dem Konditionstraining begonnen. Einige der Übungen, die ich dort sah, kamen mir sehr bekannt vor, andere wieder nicht. Aber nicht nur darin unterschied sich dieses Training von dem, was ich von Pluto kannte. Der Trainer, ein riesiger Typ mit tiefer Stimme, brüllte seine Spieler ohne Unterlass an. Pluto meckerte auch öfter mal mit uns, aber die Spieler des SV Eiche schienen ihrem Trainer überhaupt nichts recht machen zu können. Das Ganze machte einen sehr rauen, fast brutalen Eindruck auf mich.

»Das gibt es doch nicht! Was macht ihr denn hier?«

Diese Stimme kannte ich doch! Mit einem Ruck drehte ich mich um. Als ich Sarah vor mir stehen sah, wäre ich um ein Haar ohnmächtig geworden.

5. Kapitel

»Spielt ihr etwa auch beim SV Eiche?«, fragte Sarah mich. »Ich habe euch noch nie hier gesehen.«

»Äh – ja – ich meine, nein.«

Ich spürte die fragenden Blicke von Pluto und meiner Mutter, während Marilyns Gesicht versteinerte.

»Äh – das ist übrigens Sarah«, sagte ich zu meiner Mutter.

Mir stockte der Atem. Wenn meine Mutter es sich anmerken ließ, dass sie den Namen kannte, wusste Marilyn, dass ich mit ihr über Sarah gesprochen hatte!

»Aha«, sagte meine Mutter glücklicherweise nur, und Pluto nickte Sarah freundlich zu.

»Wir haben uns im Stadion kennengelernt«, fügte ich noch hinzu, um ganz sicherzugehen.

»Ist das der Trainer der Jugendmannschaft?«, fragte Pluto Sarah und zeigte auf den Riesen. »Wir haben uns mit ihm verabredet, weil wir etwas mit ihm zu besprechen haben.«

Sarah nickte. »Herr Wiegand. Ja, das ist er.«

Sarah hatte diesen Namen fast verächtlich ausgesprochen. Das war nicht zu überhören gewesen. Mein Eindruck, was ihn betraf, schien mich also nicht getäuscht zu haben. Etwas anderes interessierte mich aber noch viel mehr.

»Was machst du denn hier?«, fragte ich Sarah. »Spielst du auch beim SV Eiche?«

»Nein, ich nicht, aber mein Freund. Ich will ihn abholen.«

Irgendetwas in mir machte knacks. Am liebsten hätte ich geschrien oder mit dem Fuß aufgestampft. Ich wagte nicht, mich zu meiner Mutter umzudrehen. Ihren Blick hätte ich bestimmt nicht ausgehalten.

Marilyn nahm meinen Arm und zog mich in Richtung Spielfeld. »Dann lasst uns doch gehen«, sagte sie und lächelte Sarah freundlich an. »Bestimmt wartet dein Freund schon auf dich.«

Meine Mutter, Pluto und Sarah folgten uns. Ich sah mich zu ihnen um. Sarahs und mein Blick kreuzten sich für einen Augenblick. Mir war, als wollte sie mir noch etwas sagen, doch Marilyn zog mich schon weiter.

Der Trainer des SV Eiche war gerade dabei, seine Schützlinge in zwei Übungsmannschaften einzuteilen.

»Sind Sie der Lehrer?«, brüllte er zu Pluto herüber.

Pluto nickte.

»Warten Sie! Ich komme sofort!«

Er gab seinen Spielern die letzten Anweisungen, dann kam er langsam auf uns zu. Er hatte wirklich eine beeindruckende Größe. Er überragte Pluto um mindestens einen Kopf und der war schon nicht gerade klein. Breitbeinig baute er sich vor uns auf.

»Sie sind Herr Wiegand?«, fragte Pluto.

Nun nickte der Riese.

»Schön, dann haben wir ja auch miteinander telefoniert. Mein Name ist Pluta. Ich bin Lehrer an dieser Schule. Wie ich Ihnen schon am Telefon sagte, würden wir gern an einem Nachmittag hier trainieren.«

»Das können Sie vergessen!«, unterbrach Herr Wiegand Pluto barsch.

Ich sah zu meiner Mutter. An ihrem Hals zeigten sich rote Flecken und auf ihrer Stirn trat eine Ader ein wenig hervor. Das war kein gutes Zeichen.

Doch zunächst war unser Trainer noch einmal an der Reihe: »Wir wissen ja, dass Sie den Platz von der Stadt für die unterrichtsfreien Zeiten gemietet haben. Aber Sie nutzen ihn doch nicht ständig.«

Ohne sich um Pluto zu kümmern, drehte sich Herr Wiegand plötzlich zum Spielfeld um.

»Verdammt noch mal!«, brüllte er, dass ich dachte, mir fallen die Ohren ab. »Oliver! Wie oft habe ich dir schon gesagt, du sollst nicht immer die Knochen wegziehen! Das ist Fußball und nicht Seilchenspringen!«

Wen der Trainer mit seinem Wutausbruch gemeint hatte, war leicht zu erkennen. Einer der Spieler zog den Kopf ein, als wollte er sich unsichtbar machen, und rannte auf die entgegengesetzte Seite des Platzes. Anscheinend hoffte er, dort nicht so gut beobachtet werden zu können. Er hatte sich getäuscht. Herr Wiegand lief über das Spielfeld zu ihm und hielt ihm eine Standpauke. Was er sagte, konnten wir nicht verstehen. Es sah aber so aus, als würde das arme Würstchen, das Oliver hieß, immer kleiner.

»Was ist das nur für ein Mensch?«, schnaufte meine Mutter.

»Ein Arschloch«, meinte Sarah trocken.

Niemand widersprach ihr.

Mir war vorher schon aufgefallen, dass es auf dem Spielfeld zur Sache ging, wie man so sagt. Obwohl das Übungsspiel erst ein paar Minuten lief, hatte ich schon ein paarmal einen der Spieler aufschreien hören, und gleich darauf war er mit der Hand am Schienbein oder am Knöchel herumgehüpft. Da Pluto sehr darauf achtete, dass wir fair spielten, hatte ich mich gewundert, warum der Trainer noch nicht eingeschritten war. Das hatte er nun getan, nur anders, als ich es mir vorgestellt hatte.

»Er ist ein Schinder«, sagte Sarah leise, während Herr Wiegand wieder langsam auf uns zukam. »Ich habe meinem Freund schon öfter gesagt, er soll den Verein wechseln, aber er will nicht.«

»Sie wollen also auf unserem Platz trainieren«, sagte Herr Wiegand, als er wieder bei uns war.

»Das hat Ihnen Herr Pluta doch bereits erklärt!«, rief meine Mutter. Diesen Gesichtsausdruck und den Tonfall ihrer Stimme kannte ich gut. Wenn dieser Typ nicht bald etwas freundlicher wurde, konnte er sich auf einiges gefasst machen. Doch der sah durch meine Mutter hindurch, als wäre sie Luft.

»Das können Sie vergessen«, sagte er wieder zu Pluto. »Wir haben den Platz gemietet und damit hat es sich.«

»Das gibt es doch nicht!«, rief Pluto. Mit seiner Geduld war es wohl auch bald vorbei. »Schließlich treiben wir den gleichen Sport! Wenn wir Fußballer schon nicht mehr zusammenhalten, wer ...?«

Herr Wiegand lachte laut auf. »Wir Fußballer? Dass ich nicht lache! Es reicht mir schon, wenn Ihre Gören während des Schulsports den Rasen zertrampeln. Da will ich hier nicht auch noch am Nachmittag Nichtskönner herumstolpern sehen!«

Das konnte ich nicht auf uns sitzen lassen. »Nichtskönner?«, rief ich. »So gut wie Ihre Krücken da spielen wir schon lange!«

Herr Wiegand grinste Pluto an und zeigte mit dem Kopf auf Marilyn und mich. »Gehören die beiden da auch zu Ihrer *Mannschaft*?«

»Allerdings!«

»Dann kann ich mir schon vorstellen, wie die aussieht.«

»Ach ja?«, rief meine Mutter. »Dann können Sie ja gegen uns spielen. Da werden wir sehen, welche die bessere Mannschaft ist.«

Pluto schnappte nach Luft wie ein Karpfen auf dem Trockenen, doch der Trainer des SV Eiche ging gleich darauf ein.

»Sie wollen gegen uns spielen?«

Meine Mutter stemmte ihre Fäuste in die Hüften und sah ihn herausfordernd an. »Warum nicht? Oder traut ihr euch das nicht zu?«

»Doch!«, rief ich, ohne zu überlegen, obwohl in mir eine Ahnung keimte, worauf wir uns da einließen.

Ich sah zu Marilyn. Sie zögerte einen Augenblick, dann nickte sie.

In den Augen meiner Mutter sah ich ein Leuchten. »Gut! Wir fordern Sie heraus, Herr Wiegand! Unsere Mannschaft spielt gegen Ihre Mannschaft. Gewinnen wir, dürfen wir an einem Nachmittag pro Woche auf diesem Platz trainieren!«

Herrn Wiegands Grinsen wurde unerträglich breit. »Und was bekommen wir, wenn *wir* gewinnen?«

Alle Augen richteten sich auf meine Mutter. Einen Augenblick lang wurde sie unsicher. Das war ihr deutlich anzusehen. Sie sah Hilfe suchend zu Pluto.

»Wir könnten zusammenlegen und einen Lederball für den Sieger kaufen«, meinte der zögernd.

Plötzlich funkelte etwas in den Augen von Herrn Wiegand. Das gefiel mir gar nicht.

»Ich wüsste da was«, sagte er langsam. »Unsere Putzfrau hat gerade gekündigt. Wie wäre es, wenn Sie, sollten wir gewinnen, einen Monat lang unsere Umkleideräume putzen?«

Das Gesicht meiner Mutter wurde blass. Sie rang nach Luft. »Also gut«, stieß sie dann hervor. »Einverstanden!«

Ich dachte, ich höre nicht richtig, und auch Pluto und Marilyn sahen meine Mutter entsetzt an.

»Aber Mama!«

Meine Mutter brachte mich mit einer Handbewegung zum Schweigen. Sie war nicht mehr zu bremsen.

Herr Wiegand drehte sich zu seinen Spielern um. »Schluss!«, brüllte er über den Platz. »Alle herkommen!«

Es dauerte keine Minute, bis sich alle Spieler um ihren Trainer versammelt hatten.

Als ich klein war, bin ich mit meinen Eltern öfter zu einem Wildpark gefahren. Da hatte ich einmal gesehen, wie sich die Frischlinge um eine große, dicke Wildsau scharten. Irgendwie erinnerten mich Herr Wiegand und seine Schützlinge daran.

Einer der Frischlinge, ein kantiger Typ, dem man den Sportler schon auf eine Entfernung von hundert Metern ansah, zwinkerte Sarah zu. Sie lächelte ihn an und winkte kaum merklich. Das war also ihr Freund. Er war mir gleich unsympathisch. Und er kam mir bekannt vor. Ich war ihm schon einmal begegnet, nur wusste ich nicht, wann und wo.

»Passt mal auf, Jungs!«, rief die Wildsau und plusterte sich auf. »Seht ihr die beiden da?« Er zeigte auf uns.

Als er sicher war, dass uns seine gesamte Mannschaft anstarrte, fuhr er fort: »Die gehören zu einer Schülermannschaft. Sie wollen auf unserem Platz trainieren, aber ich habe es ihnen verboten!«

Er machte eine kleine Kunstpause. Neben mir holte meine Mutter sehr tief Luft.

»Und nun haben sie mir vorgeschlagen, gegen euch zu spielen! – Um einen Trainingsnachmittag pro Woche! Was haltet ihr davon?«

Plötzlich riss der kantige Typ die Augen auf und zeigte auf mich. »Den kenne ich doch! Vom Schulpokal! Der gehört zum FC Streuselkuchen!«

Nun wusste ich, woher ich diesen Blödmann kannte. Mit ihm war ich gleich bei unserem ersten Schulpokalspiel aneinandergeraten. Er war der Mannschaftskapitän der Mannschaft des Schillergymnasiums. Er hatte am lautesten über uns gelacht. Außerdem hatten wir drei zu null gegen sie verloren.

»FC Streuselkuchen?«, rief einer seiner Mannschaftskameraden. »Was sind das denn für welche?«

»Das erzähle ich euch nachher!«, rief Sarahs Freund. »Ihr werdet euch totlachen! Auf jeden Fall können wir gegen die spielen. Das sind Krücken. Die können absolut nichts!«

Das verfehlte seine Wirkung nicht. Seine Freunde brüllten und johlten, als wollten sie in eine Schlacht gegen uns ziehen.

»Michael!«, rief Sarah plötzlich. »Nun hör schon auf! Was soll denn das?«

Ihr Freund sah sie wütend an. »Was ist denn mit dir los? Hältst du etwa zu denen?«

Sarah vergrub ihre Hände in den Hosentaschen und sah ihn wütend an. Doch sie sagte nichts mehr. Obwohl ich mich freute, dass sie ihrem Freund die Meinung gesagt hatte, fragte ich mich, warum, um alles in der Welt, sie sich ausgerechnet diesen Typen ausgesucht hatte.

»Ihr wollt also gegen sie spielen?«, rief Herr Wiegand in den Lärm hinein.

»Jaaa!«, brüllten sie wie aus einem Mund.

Herr Wiegand machte einen Schritt auf meine Mutter zu. Er sah auf sie hinunter, sie zu ihm hinauf. In einem Zeichentrickfilm hätten zwischen den Augen der beiden nun Blitze und Funken gesprüht.

»Dann spielen wir gegen Sie«, sagte Herr Wiegand leise. »Ein Spiel – am Samstag in drei Wochen – hier auf dem Platz. Verlieren wir, darf Ihre Mannschaft einmal pro Woche hier trainieren. Gewinnen wir, putzen Sie unsere Umkleidekabinen.«

Meine Mutter sah Pluto an, doch der war in diesem Augenblick keine große Hilfe. »Gut«, sagte sie. »Wir sind einverstanden.«

Das Gejohle der Spieler des SV Eiche war schlagartig verstummt, als ihr Trainer gesprochen hatte. Doch nun, als hätten sie nur auf die Antwort meiner Mutter gewartet, begannen sie von Neuem damit.

Dieses Mal nahm meine Mutter meinen Arm und zog mich von ihnen weg. Marilyn und Pluto folgten uns. Wir waren gerade ein paar Schritte gegangen, da stimmte einer der Idioten einen Sprechchor an, den wir schon während des Schulpokals öfter zu hören bekommen hatten:

»Streuselkuchen! Streuselkuchen!«

Es dauerte nicht lange, da schrie die gesamte Mannschaft unseren Spitznamen, den uns der Vater von Beule eingebrockt hatte. Es erinnerte mich an die hämischen Sprechchöre während des Fußballspiels am Samstag im Stadion. Doch dieses Mal galten sie uns und das fand ich überhaupt nicht mehr komisch.

Ich sah mich zu ihnen um. Herr Wiegand stand breitbeinig und mit verschränkten Armen zwischen den Spielern. Er schrie zwar nicht mit, aber er machte auch keine Anstalten, sie davon abzuhalten. Sarah stand etwas abseits. Auch sie hatte ihre Arme vor der Brust verschränkt. Ihren Gesichtsausdruck konnte ich nicht deuten. Es sah beinahe so aus, als ob sie traurig wäre. Vielleicht hatte sie aber auch nur Mitleid mit uns.

Als wir schon außer Hörweite waren, dröhnte das »Streuselkuchen! Streuselkuchen!« immer noch in meinen Ohren. Plötzlich schlug sich meine Mutter mit der flachen Hand vor die Stirn. »Wie konnte ich nur so dumm sein?«, rief sie. »Warum habe ich mich nur so provozieren lassen?«

»Ich kann das verstehen«, sagte Marilyn. »Ich hätte den eingebildeten Blödmann auch am liebsten gewürgt. Nur wäre ich wahrscheinlich an seinen Hals nicht herangekommen.«

»Ja, schon«, entgegnete meine Mutter. »Nur müsst ihr es jetzt ausbaden.«

»Warum wir?«, fragte ich sie. »Wenn wir verlieren, musst du doch die Umkleidekabinen putzen.«

Meine Mutter nickte. »Daran darf ich gar nicht denken. Aber fast noch schlimmer finde ich, dass ihr euch durch meine Schuld blamieren werdet.«

»Warum sollten wir uns blamieren?«, rief ich. »Du tust ja gerade so, als stünde es schon fest, dass wir verlieren!«

»Das steht zwar noch nicht fest«, meldete sich Pluto endlich auch wieder einmal zu Wort. »Nur ist die Wahrscheinlichkeit, dass ihr verliert, ziemlich hoch. Schließlich ist der SV Eiche ein Sportverein und die Mannschaft trainiert wahrscheinlich schon mehrere Jahre. Dagegen sind wir blutige Anfänger.«

Das war ja eine schöne Unterstützung! Ich fragte mich, warum Pluto uns trainierte, wenn er uns nicht mal zutraute, ein Spiel gegen eine andere Mannschaft zu gewinnen.

»In der Bundesliga haben auch schon oft genug die Favoriten gegen die angeblich wesentlich schwächeren Mannschaften verloren. Warum soll uns das nicht auch gelingen. Wir müssen nur darum kämpfen!«

Ich stieß Marilyn an. »Nun sag du doch auch mal was! Schließlich warst du doch einverstanden.«

»Ja, stimmt«, sagte sie gedehnt. »Der Kerl hat mich ja auch echt wütend gemacht. Nur wenn ich es mir jetzt in Ruhe überlege. – Du hast ihr Übungsspiel doch auch gesehen. Die spielen wirklich gut.«

»Und sehr hart«, ergänzte Pluto. »Viel zu hart, wenn ihr mich fragt, schon fast brutal.«

»Eben«, pflichtete meine Mutter ihm bei. »Wenn sich eines der Kinder bei dem Spiel verletzen sollte, könnte ich mir das niemals verzeihen!«

»Mama! Das kann doch bei jedem Spiel passieren! Außerdem haben wir diese Wette nun einmal abgeschlossen, jetzt müssen wir sie auch einlösen.«

Meine Mutter sah mich an. »Und wenn ich diesen Herrn Wiegand anrufe, mich bei ihm entschuldige und wir das Spiel absagen?«

Ich dachte, ich höre nicht richtig. »Du willst dich bei diesem Ekelpaket entschuldigen?«, rief ich. »Das kommt überhaupt nicht infrage!«

»Das fände ich auch nicht richtig«, sagte Pluto. »Eine solche Genugtuung soll dieser Mensch nicht bekommen. Nein, nein, wir ziehen das jetzt durch. Wir müssen nur versuchen, mit erhobenem Kopf und einigermaßen heil wieder herauszukommen. Und machen Sie sich keine Sorgen, was das Putzen betrifft. Da lassen wir Sie nicht allein. Wir werden alle mit anpacken, dann ist es nur noch halb so schlimm.«

Als meine Mutter und ich uns von Pluto und Marilyn verabschiedeten, war ich auf die Erwachsenen fast genauso wütend wie auf den überheblichen Trainer des SV Eiche. Erst brockten sie sich selbst die Suppe ein und dann jammerten sie darüber.

Als wir nach Hause kamen, sah mein Vater auf den ersten Blick, dass mit meiner Mutter etwas nicht stimmte.

»Meine Güte! Welche Laus ist dir denn über die Leber gelaufen? Ist etwas passiert?«

Auch Tina sah meine Mutter an, als fürchtete sie, uns wäre etwas Schlimmes zugestoßen.

»Keine Angst«, beruhigte meine Mutter sie. »Es ist alles in Ordnung – noch jedenfalls.«

Wir setzten uns zu Tina und meinem Vater. Ich ließ meine Mutter die Geschichte erzählen. Schließlich spielte sie ja sozusagen die Hauptrolle.

»Das heißt, wenn Björn und die anderen gegen den

SV Eiche und diesen widerlichen Herrn Wiegand gewinnen, dürfen sie einmal wöchentlich auf dem Platz trainieren?«, fragte mein Vater schließlich. »Na, das ist doch prima! Warum machst du denn so ein Gesicht?«

»Was passiert eigentlich, wenn ihr verliert?«, wollte Tina wissen.

Meine Mutter warf mir einen kurzen Blick zu. »Ich habe angeboten, einen Monat lang – die Umkleidekabinen für den SV Eiche zu putzen.«

Mein Vater ließ sich zurückfallen. »Auweia!«

»Sag jetzt nichts!«, rief meine Mutter.

Er hob die Hände. »Nein, nein!«

»Und sag vor allem nicht, dass du von Anfang an nicht wolltest, dass ich mich da einmische!«

»Nein, nein«, sagte mein Vater wieder. »Ich sage gar nichts.«

Ein kleines Grinsen konnte er sich allerdings nicht verkneifen.

»Aber was hast du denn, Mama?«, fragte Tina. »Bestimmt schlagen wir diesen blöden SV Eiche! Außerdem finde ich es sehr lieb von dir, dass du die Umkleideräume putzen willst, wenn wir verlieren!«

»Danke, Tina«, seufzte meine Mutter.

Ich verzog mich auf mein Zimmer und ließ mich auf mein Bett fallen. Ich wollte nachdenken. Ich musste mir darüber klar werden, was eigentlich passiert war und wie es nun weitergehen sollte. Da war als Erstes unser Problem mit dem SV Eiche. Sie waren viel besser als wir, da biss die Maus keinen Faden ab. Tinas Optimismus konnte ich leider nicht teilen. Sie hatte ja nicht gesehen, wie sie spielten, und sie hatte auch nicht gesehen, welche Holzhacker das waren. Gleichzeitig ärgerte es mich aber, dass die Erwachsenen uns schon jetzt aufgegeben hatten. Meine Mutter ärgerte sich über sich selbst, Pluto wollte uns nur heil wieder da herausbringen, und mein Vater lachte sich bestimmt einen Ast bei der Vorstellung, wie meine Mutter mit Putzeimer und Schrubber durch die Umkleidekabinen taperte. Keiner von ihnen dachte auch nur im Traum daran, wir könnten das Spiel vielleicht trotz unserer Unterlegenheit gewinnen.

Und schließlich war da noch Sarah. Sie hatte einen Freund! Und dann war es ausgerechnet dieser eingebildete Affe vom Schillergymnasium. Das alles war schon schlimm genug für mich, obwohl es ja eigentlich mein Problem löste. Nur hatte ich mir das wirklich anders vorgestellt. Ich wollte selbst entscheiden! Aber dann war dieser Freund zu allem Überfluss auch noch ein Spieler des SV Eiche. Wenn wir das Spiel verlieren würden, wäre das eine doppelte Blamage für mich.

In mir kochte eine unglaubliche Wut. Ich ließ sie gewähren, bis sich jede Faser in meinem Körper gegen die Möglichkeit dieser Blamage aufbäumte. Ich würde mich nicht kampflos geschlagen geben. Niemals! Wir mussten dieses Spiel gewinnen! Daran würde ich alles setzen. Die regelmäßige sportliche Betätigung hatte schon ihre Wirkung gezeigt. Einige meiner Hosen ließen mir schon sehr viel Platz. Doch das war noch gar nichts gegen das, was ich in den nächsten drei Wochen tun würde!

Obwohl es noch sehr früh war, zog ich mich aus und legte mich schlafen. Wenn ich meinen Plan in die Tat umsetzen wollte, musste ich ausgeruht sein.

Beim Frühstück am nächsten Morgen sprach niemand über das Thema Fußball. Es verlief allerdings auch stiller als an anderen Tagen. Vielleicht lag es daran, dass wir alle mehr an Fußball dachten als sonst.

Als ich auf den Schulhof kam, stand die Mannschaft des FC Streuselkuchen schon beisammen. Ich atmete tief durch. Auf dem Weg zur Schule hatte ich mir die Worte überlegt, mit denen ich meine Mannschaft für das Spiel gegen den SV Eiche motivieren wollte, wie ein Fußballtrainer sagen würde. Als ich näher kam, wusste ich, dass das vergeblich gewesen war. Marilyn und Tina waren bereits dort. Ich hatte gar nicht mitbekommen, dass meine Schwester vor mir gegangen war. Wie ich sie kannte, hatte sie die Erste sein wollen, die die Neuigkeit verbreitete.

»He, Knubbel!«, rief Kralle, als er mich sah. »Da bist du ja endlich. Wir warten schon auf dich.«

»Auf mich? Warum denn das?«

»Weil wir wissen wollen, was du darüber denkst, gegen den SV Eiche zu spielen«, antwortete Doppelpass 1.

Ich riss mich zusammen. Nun musste ich Optimismus verbreiten. Das war das Wichtigste.

»Was soll ich davon halten? Ich finde es gut«, sagte ich leichthin.

»Glaubst du denn, wir haben eine Chance gegen die?«, fragte Asterix.

»Klar, warum denn nicht?«

»Na ja«, meinte Doppelpass 2. »Marilyn hat erzählt, dass die wohl ziemlich gut sind und dass sie gerne in die Knochen treten.«

Ich sah Marilyn an. Sie verstand sofort.

»Ich habe nur gesagt, was wir gesehen haben«, verteidigte sie sich. »Was wahr ist, muss schließlich auch wahr bleiben.«

»Was heißt denn hier wahr?«, rief ich. »Denkt doch mal an den Schulpokal! Da haben auch alle gesagt, dass wir mit Pauken und Trompeten untergehen. Und wie war es dann? Wir wären um Haaresbreite sogar in die Finalrunde gekommen. Und da war Säbel noch nicht einmal bei jedem Spiel dabei.«

»Sag ich doch, dass wir es versuchen sollen«, sagte Säbel. »Jede Mannschaft ist zu schlagen.«

Endlich jemand, der mir beistand. Den Gesichtern der anderen konnte ich ansehen, dass sie nahe daran waren, auch zuzustimmen. Ich musste nur noch ein klein wenig nachhelfen.

»Wenn wir es nicht versuchen, werden wir es nie wissen. Vielleicht war es ja nicht richtig, dass wir uns darauf eingelassen haben, aber nun ist es einmal passiert. Wir *müssen* gegen sie spielen. Oder wollt ihr euch nachsagen lassen, wir hätten gekniffen?«

Das war es! Ich hatte sie bei der Ehre gepackt. Nun musste ich sie festnageln.

»Also, wir stimmen ab«, sagte ich. »Wer ist dafür?«

Säbel und Tina hoben als Erste die Hände, dann Asterix, Obelix und Marilyn, und nach einigem Zögern auch die anderen. Na also! Das war schon einmal geschafft.

Ich sah in die Runde. »Gut. Nur müsst ihr euch über eines klar sein. Ein Training pro Woche reicht nicht aus. In den nächsten drei Wochen müssen wir mehr tun.«

Niemand widersprach mir, auch wenn einige Gesichter lang wurden.

Pluto staunte nicht schlecht, als wir ihm berichteten, wir hätten uns einstimmig dafür ausgesprochen, die Herausforderung gegen den SV Eiche anzunehmen. Noch größer wurden seine Augen dann, als wir ihm eröffneten, wir wollten ab sofort dreimal pro Woche trainieren.

»Meinetwegen«, sagte er schließlich. »Heute Nachmittag geht's los. Wir treffen uns um vier Uhr auf der Sportanlage am Stadtpark. Wenn auf dem Hauptfeld kein Platz ist, trainieren wir auf dem Sandplatz. Wenn wir es schaffen, auf *dem* Platz einigermaßen guten Fußball zu spielen, bringen wir es auch auf jedem anderen Platz fertig.«

Marilyn kam dicht an mich heran. »Das hast du super gemacht, Knubbel«, flüsterte sie mir zu. »Du kannst echt jeden überzeugen.«

Ich fragte mich, ob ihr klar war, was da in den nächsten drei Wochen auf uns zukam.

6. Kapitel

Als ich an diesem Tag nach Hause kam, war ich recht zufrieden mit mir. Beim Mittagessen erzählte Tina meinen Eltern begeistert von unserem Entschluss. Dabei lobte sie ihren Bruder ausnahmsweise in den höchsten Tönen. Die anerkennenden Worte meiner Eltern ließen nicht lange auf sich warten. Mir war so, als keimte in meiner Mutter wieder ein kleiner Hoffnungsschimmer, sie könne um den unfreiwilligen Job beim SV Eiche doch noch herumkommen.

So setzte ich mich nach dem Essen gut gelaunt an die Hausaufgaben. Aber dann, zwischen Englisch und Mathe, erschien Sarahs Gesicht mitten auf meinem Schreibtisch. Ich konnte nichts dagegen tun. Ich sah ihr Gesicht ganz einfach vor mir. Wie ein Film liefen die Geschehnisse des vorigen Tages in meinem Kopf ab. Warum hatte sie versucht, ihren Freund davon abzuhalten, uns auszulachen, und warum hatte sie mich so angesehen, als wir unter dem Spott ihres Freundes und seiner Mannschaftskameraden den Sportplatz unserer Schule verlassen hatten? War es wirklich nur Mitleid gewesen? Mit einem

Mal fiel mir ein, dass sie mich ja eingeladen hatte, mir das Training der Jugendmannschaft des FC anzusehen! Sie trainierten heute, so wie wir. Ausgerechnet! Ich sah auf die Uhr. Wenn ich mich beeilte, würde ich es vielleicht noch schaffen. Ohne weiter darüber nachzudenken, packte ich meine Schulbücher zusammen, und ehe ich mich versah, war ich auf dem Weg zum Stadion.

Erst als ich in der Straßenbahn saß, schaltete ich mein Gehirn wieder ein. Warum tat ich das? Sarah hatte doch einen Freund. Aber wegen ihr fuhr ich ja auch nicht zum Stadion. Ich wollte mir nur das Training ansehen. Vielleicht konnte ich etwas lernen, das mir bei unserem Spiel gegen den SV Eiche half. Oder war das doch nicht der Grund?

Als ich auf den Trainingsplatz des FC kam und Sarah am Spielfeldrand stehen sah, machte mein Herz einen kleinen Hüpfer. Es war aber anders als bei Marilyn. Wenn ich Marilyn sah, verschlug es mir meistens die Sprache. Wenn ich Sarah sah, freute ich mich einfach darauf, mit ihr zu reden.

Sie winkte mir schon von Weitem zu. Der Trainingsplatz war ein ganz normaler Sportplatz, ähnlich dem unserer Schule. Auf ihm schwitzten etwa fünfzehn Typen in meinem Alter. Ein Erwachsener war auch dabei. Das musste der Trainer sein, also Sarahs Vater.

»Finde ich ja toll, dass du kommst. Echt!«, begrüßte mich Sarah und lachte mich an. Sie schien sich wirklich darüber zu freuen.

»Ist doch klar. Ich habe mich schon den ganzen Tag darauf gefreut«, log ich.

»Schade, dass du nicht eher gekommen bist. Dann hättest du noch das Training der Profis mitbekommen. Die trainieren auf dem Platz dahinten.«

»Ist vielleicht ganz gut so«, erwiderte ich. »Wenn ich gesehen hätte, wie die spielen, wäre ich wahrscheinlich nur neidisch geworden.«

»Wer weiß«, grinste Sarah mich an. »Vielleicht wird aus dir ja noch ein Profi.«

»Sicher. Vielleicht werde ich ja auch Papst.« Ich sah mich um. »Wo sind denn die Rentner?«

»Die waren heute nicht da«, lachte Sarah. »Vielleicht haben sie ja etwas anderes vor oder sie sind auf einem anderen Sportplatz.«

Als mir einfiel, wo sie sein könnten und dass wir dort in den nächsten Wochen trainieren wollten, wurde mir ganz schlecht.

Ich sah zu den Spielern auf dem Feld. Sie rannten, nach den Kommandos ihres Trainers, in verschiedenen Geschwindigkeiten über den Platz.

»Konditionstraining«, sagte Sarah. »Mein Vater sagt, daran müssen sie arbeiten. Bei den letzten Spielen waren die anderen Mannschaften in der Hinsicht wohl überlegen.«

Das Konditionstraining hatte bereits begonnen gehabt, als ich dort angekommen war. Seitdem hatte ihr Trainer sie ohne Pause über den Platz gescheucht. Und so ging es weiter. Wenn Pluto das mit uns gemacht hätte, wären wir schon nach der Hälfte der Zeit keuchend auf unseren Bäuchen herumgekrochen, außer Säbel vielleicht. Wenn die eine schlechtere Kondition hatten als ihre letzten Gegner, gegen wen hatten sie dann gespielt? Gegen die Weltmeister im Triathlon? Noch mehr als über die für mich unglaubliche Kondition der Jugendspieler des FC wunderte ich mich darüber, wie dieses Training ablief. Es war nicht das bunte Durcheinander wie bei uns und auch nicht die rohe Schinderei wie beim SV Eiche. Hier lief alles ruhig, fast leise ab. Wenn der Trainer seinen Spielern etwas zurief, waren das keine Befehle. Er ermunterte sie eher, etwas zu tun. Mehr war auch nicht nötig. Sie taten es sofort. Niemand meckerte darüber oder beschwerte sich. Alle waren voll bei der Sache. Jeder schien genau zu wissen, was er tat und warum. Ich bekam eine Ahnung davon, was professionelles Fußballtraining war. In diesem Augenblick hätte ich viel dafür gegeben, bei diesem Training mitmachen zu dürfen. Wahrscheinlich wäre mir nach spätestens fünf Minuten die Puste ausgegangen. Doch das wäre mir egal gewesen, wenn ich nur hätte dabei sein dürfen. Nie hätte ich mir träumen lassen, dass ich mir das einmal so sehr wünschen würde.

Nach einer Weile, die mir wie eine Ewigkeit vorkam, beendete Sarahs Vater das Konditionstraining. Er gab seinen Spielern einige Anweisungen, die ich nicht verstehen konnte. Daraufhin holten sie sich Bälle und begannen, paarweise zu spielen. Mir fiel gleich auf, dass sie dabei nach einem bestimmten System vorgingen, nur nach welchem, kapierte ich nicht. Eines war mir dagegen schon nach ein paar Minuten klar: Was die Jungs am Ball konnten, würde ich in hundert Jahren nicht fertig bringen.

Sarahs Vater hatte ein paarmal zu uns herübergesehen. Er hatte mich wohl entdeckt. Wahrscheinlich fragte er sich, was das für ein Typ war, der da neben seiner Tochter stand.

»Macht so weiter!«, rief er plötzlich seinen Schützlingen zu.

Langsam kam er auf uns zu. Dabei ließ er seine Spieler nicht aus den Augen. Obwohl es eigentlich keinen Grund dafür gab, wurde mir mulmig. Ich legte mir schnell eine Erklärung zurecht, warum ich da war und was ich mit Sarah zu tun hatte.

Als Sarahs Vater bei uns war, streckte er mir seine Hand entgegen. »Guten Tag, Björn. Ich bin Horst Merkel, Sarahs Vater.«

Völlig verdattert nahm ich seine Hand. »Tag. – Äh. – Angenehm. – Äh. – Sie können ruhig Knubbel zu mir sagen.«

Etwas Blöderes war mir nicht eingefallen. Herr Merkel lachte laut auf. Das Lachen hatte Sarah also von ihm geerbt. Er war mir gleich sympathisch.

»Ja, Sarah hat mir erzählt, dass das dein Spitzname ist, und auch, dass er dir nichts ausmacht.«

»Ja, ja, das stimmt. Jeder nennt mich so.«

»Und wie gefällt dir das Training?«

»Gut. Ich bin total beeindruckt. Was die alles so können. Das würde ich echt nicht bringen. Da kann man fast neidisch werden.«

»Das musst du nicht«, meinte Herr Merkel. »Schließlich sind die Jungs hier sozusagen handverlesen. Sarah hat dir ja erzählt, wie das bei uns funktioniert.«

»Ja, das hat sie. Aber es muss schon toll sein, für einen Verein wie den FC zu spielen.«

»Die Hauptsache ist, dass es Spaß macht, ganz gleich ob in einem großen oder in einem kleinen Verein. Manchmal wünsche ich mir sogar wieder, für einen kleineren Verein zu arbeiten. Da geht es irgendwie lockerer zu.«

»Ich spiele ja noch nicht einmal in einem Verein, nur in einer Schülermannschaft.«

Herr Merkel nickte. »Ich weiß. Das hat Sarah mir auch erzählt.«

Das wusste er auch? Was hatte sie ihrem Vater denn alles über mich erzählt? Und vor allem, warum hatte sie es getan?

Herr Merkel schien Gedanken lesen zu können. Wieder lachte er laut auf. »So wie du aussiehst, wunderst du dich wohl darüber, warum ich so viel über dich weiß. Es hatte einen besonderen Grund, warum Sarah mir das alles erzählt hat.«

Ich sah zu Sarah. Sie wurde rot. Sie wurde tatsächlich rot! Was hatte das alles zu bedeuten?

»Es geht um euer Spiel gegen den SV Eiche«, sagte Herr Merkel. »Oder soll ich lieber Wette sagen?«

Das war es also! Einen Augenblick lang hatte ich

gehofft, dass sie meinetwegen mit ihrem Vater über mich gesprochen hatte.

»Sie macht sich nämlich Sorgen. Und ehrlich gesagt mache ich mir die auch.«

»Sorgen?«, rief ich. »Warum machen Sie sich Sorgen?«

»Das ist eine längere Geschichte. Hier ganz in der Nähe gibt es ein Café. Wenn du Zeit hast, können wir nach dem Training dort hingehen und etwas trinken. Dann erzähle ich es dir.«

Ich sah auf die Uhr. Es war schon spät geworden. Ich musste zum Training. Wahrscheinlich würde ich jetzt schon zu spät kommen. Ich überlegte, ob ich das Training nicht ausfallen lassen sollte. Doch das ging nicht. Gerade bei unserem ersten Training durfte ich nicht fehlen. Schließlich hatte ich die anderen heiß auf den SV Eiche gemacht.

»Tut mir leid«, sagte ich deshalb. »Wir trainieren auch heute Nachmittag. Da muss ich hin. Ich bin jetzt schon spät dran.«

Herr Merkel nickte. »Das verstehe ich. Aber wir können es ja nachholen. Komm doch übermorgen wieder her.«

»Ich versuche es«, versprach ich ihm.

»Ich bringe dich zur Haltestelle«, sagte Sarah, als ich schon losrennen wollte.

Ich war so verdattert, dass ich nur nickte.

»Ich möchte nicht, dass du einen falschen Eindruck von mir bekommst«, sagte Sarah, als wir außer Hörweite ihres Vaters waren. »Ich möchte mich nicht in deine

Angelegenheiten einmischen. Ich fand nur wichtig, dass du mit meinem Vater redest, bevor ihr gegen den SV Eiche spielt.«

»Aber warum?«, rief ich.

Statt zu antworten, blieb sie plötzlich stehen. »Ach, du lieber Himmel. Das fehlt mir gerade noch.«

Ich folgte ihrem Blick und wusste sofort, was los war. Ihr Freund kam mit finsterem Gesicht und langen Schritten auf uns zu.

»Was will der denn hier?«, rief er schon von Weitem und zeigte auf mich.

»Das siehst du doch!«, antwortete ich für Sarah. »Ich rede mit deiner Freundin!«

Obwohl ich wusste, dass ich Sarah damit vielleicht in Schwierigkeiten brachte, konnte ich nicht anders. Ich wollte mich von diesem Typen nicht einfach unterbuttern lassen.

Er blieb so dicht vor mir stehen, dass sich unsere Nasenspitzen fast berührten.

»Zieh Leine!«, zischte er. »Aber plötzlich!«

»Michael!«, rief Sarah dazwischen. »Was soll denn das? Er kann hierbleiben, solange er will! Und ich kann reden, mit wem ich will!«

Er wurde knallrot im Gesicht. Das war ein schöner Anblick.

»Dann kann ich ja gehen«, sagte er mit wutverzerrtem Gesicht, drehte sich auf dem Absatz um und stiefelte davon.

Sarah sah ihm fassungslos nach.

Selten war mir etwas peinlicher gewesen. »Tut mir echt leid. Ich hätte meine Klappe halten sollen.«

Sarah schüttelte den Kopf. »Du kannst nichts dafür. Ich weiß auch nicht, was in letzter Zeit mit ihm los ist. Wenn das so weitergeht ...« Sie brach mitten im Satz ab.

»Ich muss jetzt wirklich los. Also, dann vielleicht bis übermorgen«, sagte ich schnell.

»Ja, vielleicht.«

Als ich zur Straßenbahnhaltestelle rannte, sah ich mich nach ihrem Freund um. Er war nirgendwo zu sehen. Mir war es ganz recht so.

Wie ich es befürchtet hatte, kam ich zu spät zu unserem ersten Training. Dafür hatte unsere Mannschaft mehr Glück gehabt als beim letzten Mal. Sie hatten eine Hälfte des Hauptplatzes ergattert.

So schnell es ging, zog ich mich um. Als ich an Pluto vorbeikam, murmelte ich eine kurze Entschuldigung. Er nickte und ließ es zum Glück dabei bewenden. Auch meine Mannschaftskameraden schien meine Verspätung nicht sonderlich zu stören.

Das Konditionstraining hatte gerade begonnen. Ich wollte gleich mitmachen, doch Pluto rief mich zurück: »Erst warm machen, Knubbel!«

Ich hetzte zwei Runden um den Platz und absolvierte meine Aufwärmübungen. Dann endlich konnte ich bei Plutos Konditionstraining mitmachen. Ich wollte wissen, wie es mit meiner Kondition bestellt war. Das heißt, eigentlich wollte ich herausfinden, wie weit ich damit von den Spielern der Jugendmannschaft des FC entfernt war. Ich stellte bald fest, dass der Unterschied zwischen mir und ihnen ungefähr der gleiche war wie zwischen einem Schaf und einem Stier. Obwohl Pluto immer wieder kleine Pausen einlegte und obwohl die Übungen längst nicht so anstrengend waren wie die, die ich kurz vorher gesehen hatte, war ich schon nach ein paar Minuten völlig außer Atem. Ich biss die Zähne zusammen und machte weiter.

Als ich endlich Plutos erlösenden Pfiff hörte, der das Konditionstraining beendete, tanzten mir schwarze Punkte vor den Augen. Meine Bronchien pfiffen wie eine Horde Erdhörnchen. Wieder überkam mich diese Wut. Warum war ich nicht so fit wie die anderen? Warum hatte ich nicht schon viel früher angefangen, Sport zu treiben. In lächerlichen drei Wochen konnte ich den Rückstand niemals aufholen.

Während unserer Übungen war Marilyn immer in meiner Nähe geblieben. Ich hätte eigentlich gern mit ihr geredet. Doch einerseits brauchte ich die Luft für das Training und andererseits hatte ich ein schlechtes Gewissen. Mein heimlicher Besuch bei Sarah war schuld daran. Es kam mir wie ein Verrat an Marilyn vor.

Während Pluto uns für das Übungsspiel einteilte, machte sie den ersten Schritt.

»Was ist heute los mit dir?«, fragte sie mich. »Du bist so verbissen.«

Ich schüttelte den Kopf. »Gar nichts ist los. Ich bin so wie immer«, sagte ich noch außer Atem. »Aber wenn wir in drei Wochen gegen die Typen vom SV Eiche gewinnen wollen, muss jeder sein Bestes geben.«

»Ich weiß nicht«, sagte Marilyn nachdenklich.

»Was weißt du nicht?«

»Ich weiß nicht mehr, ob das so eine gute Idee ist, gegen sie zu spielen. Ich glaube, einige aus der Mannschaft sind sogar schon echt dagegen.«

»Wer?«

Marilyn konnte nicht mehr antworten. Pluto pfiff das Spiel an. Was auch immer ich tat, es funktionierte nicht so, wie ich es wollte. Die anderen waren mir haushoch überlegen. Zumindest Doppelpass und Säbel waren um Klassen besser als ich. Sie spielten alle drei in der gegnerischen Mannschaft und ich verlor jeden Ball an sie. Wenn ich gegen sie schon keine Chance hatte, wie konnte ich dann von der Jugendmannschaft des FC träumen?

Als wir nach dem Training zu den Umkleidekabinen gingen, schwebten dunkle Wolken über meinem Kopf. Was hatte Herr Merkel gesagt? Fußball soll Spaß machen. Vielleicht war das richtig, wenn man so spielen konnte wie seine Mannschaft. Was mich betraf, hätte mir in diesem Augenblick alles andere mehr Spaß gemacht. Dann brachte Pluto doch noch einen kleinen Hoffnungsschimmer in meine trüben Gedanken.

»Das war heute gar nicht so schlecht, Knubbel«, meinte er im Vorbeigehen. »Du darfst nur nicht so verbissen sein, das verkrampft nur.«

Er hatte recht. Mir war selbst aufgefallen, dass ich im Laufe des Spiels immer verbissener geworden war.

Je mehr Fehler mir unterliefen, desto ungeduldiger bemühte ich mich, beim nächsten Mal den gleichen Fehler zu vermeiden. Und je mehr ich mich so aufschaukelte, desto weniger klappte. Beim nächsten Training würde ich entspannter und lockerer an die Sache herangehen. Vielleicht war das der Schlüssel.

Nach dem Umziehen versammelten wir uns zitternd um unseren Trainer. Das Wasser, das die Duschen, stockend und spuckend, abgegeben hatten, war eiskalt gewesen. Pluto hatte uns ausdrücklich gebeten, nach dem Spiel noch zu warten.

»Bevor wir uns trennen, wollte ich mit euch noch den nächsten Trainingstermin ausmachen«, verkündete unser Trainer. »Ich habe bis zum Wochenende leider keine Zeit mehr. Darum können wir uns erst am Samstag wieder treffen.«

»Warum denn so spät?«, rief ich. »Wir haben doch nur noch drei Wochen Zeit! Wenn wir den SV Eiche schlagen wollen …«

»Und wovon träumst du nachts?«, unterbrach mich Kralle. »Wenn die wirklich so gut sind, wie ihr sagt, dann stellt sich doch nur die Frage, wie hoch wir verlieren.«

»Darüber will ich jetzt nicht diskutieren!«, rief Pluto dazwischen. »Ihr habt euch entschieden, also ziehen wir das jetzt auch durch. Und wenn ich sage, dass ich vor dem Wochenende keine Zeit mehr habe, dann müsst ihr mir das schon glauben. Wir treffen uns also am Samstag um zehn Uhr hier wieder. Oder ist jemand dagegen?«

Niemand sagte etwas, auch ich nicht. Ich kenne Pluto lange genug, um zu wissen, wann man ihm besser nicht widerspricht. Außerdem wollte ich Kralle keine Möglichkeit geben, Stimmung gegen unseren Plan zu machen. Er war von Anfang an der Widerspenstigste gewesen, wenn es um Fußball ging. Ich musste an das denken, was Marilyn mir während des Trainings gesagt hatte. Bestimmt war er es gewesen, den sie mit »einige aus der Mannschaft« gemeint hatte.

In den nächsten beiden Tagen wurde in der Schule nur wenig über Fußball geredet. Es war mir ganz recht so. Wenn nicht darüber gesprochen wurde, hatte auch niemand Gelegenheit, dagegen zu sein. Auch mit Marilyn redete ich nicht darüber. Hätte uns jemand beobachtet, wäre er sicher nicht auf den Gedanken gekommen, sie wäre meine Freundin. Manchmal hatte ich das Gefühl, Marilyn wartete auf etwas. Sie sagte zwar nichts, aber dann sah sie mich auf eine seltsame Weise an, besonders wenn wir allein waren. Manchmal dachte ich daran, mich mit ihr am Nachmittag zu treffen. Wir hätten ein Eis essen oder ins Kino gehen können. Ich sagte dann aber doch nichts. Ich hatte Angst, es könnte wieder so enden wie unser gemeinsamer Stadionbesuch. Warum konnte ich mit ihr nicht so reden wie mit Sarah?

Doch je länger ich mit Marilyn zusammen war, desto weniger dachte ich an Sarah. Ich dachte schon, dass ich es überstanden hätte. Dann kam der Freitagnachmittag.

Die Jugendmannschaft des FC trainierte wieder. Und Herr Merkel persönlich hatte mich zum Gespräch eingeladen. Es war schon toll, ein Mädchen zu kennen, deren Vater eine Mannschaft des FC trainierte. Ich war so in Gedanken versunken, dass ich mich plötzlich beeilen musste, um pünktlich zu sein. Wie schon zwei Tage zuvor suchte ich in aller Eile meine Sachen zusammen und stürmte aus dem Haus.

Ich war kaum auf der Straße, da blieb mir fast das Herz stehen. Marilyn kam die Straße entlang. Als sie mich sah, winkte sie und lief auf mich zu.

»Da habe ich ja noch einmal Glück gehabt«, lachte sie, als sie bei mir angekommen war. »Fast hätten wir uns verpasst.«

»Wolltest du zu mir?«, fragte ich überflüssigerweise und überlegte fieberhaft, was ich nun tun sollte.

»Sicher wollte ich zu dir«, sagte sie immer noch lachend. »Zu wem denn sonst? Ich wollte dich auf ein Eis einladen. Ganz in unserer Nähe hat ein neues Eiscafé eröffnet. Da gibt's heute alle Portionen für den halben Preis. Ist doch stark, oder?«

»Äh – ja, sicher.«

Bestimmt wäre es schön gewesen, mit Marilyn ein Eis essen zu gehen. Aber ich musste unbedingt Herrn Merkel treffen. Aber wenn ich ihr das erzählt hätte, wäre Marilyn bestimmt wieder misstrauisch geworden.

Marilyn sah mich an. »Was ist? Hast du keine Lust?«

»Doch, klar! Lust habe ich schon«, sagte ich schnell.

»Aber?«

»Ich – ich kann leider nicht. Ich muss für meine Mutter etwas besorgen.«

Marilyn winkte ab. »Ist doch kein Problem. Ich begleite dich und wir gehen anschließend ein Eis essen.«

In meinem Kopf rotierten die Gedanken. Am liebsten hätte ich ihr nun doch zugesagt. Nur hatte ich einmal mit dem Lügen angefangen, also musste ich auch dabei bleiben.

»Du, das geht leider auch nicht. Ich muss in die Stadt. Das kann länger dauern. Und anschließend soll ich mit meinen Eltern zu meinen Großeltern fahren.«

Marilyn zog die Augenbrauen hoch. »Ach so. Da kann man wohl nichts machen«, sagte sie knapp. »Wir können ja zusammen zur Straßenbahnhaltestelle gehen. Oder willst du das auch nicht.«

»Sicher will ich das!«, rief ich. »Kein Problem!«

Auf dem Weg zur Haltestelle fiel die Unterhaltung zwischen Marilyn und mir eher dürftig aus. Sie war wohl etwas beleidigt über meine Absage und in mir bohrte das schlechte Gewissen. Ich hatte meine Lüge schon lange bereut, aber sie war nicht mehr rückgängig zu machen. Ich stieg in die Straßenbahn und wollte ihr von dort aus noch einmal zuwinken. Doch sie ging schon, ohne sich umzusehen, die Straße hinunter.

7. Kapitel

Auf dem Trainingsgelände erwartete mich der nächste Schock: Sarah war nicht da. Ich redete mir ein, das sei die Strafe für meine Lüge. Ich war spät dran. Die Spieler von Herrn Merkel übten schon mit dem Ball. Als er mich sah, kam er gleich auf mich zu und lächelte mich freundlich an.

»Da bist du ja doch noch. Ich hatte schon gar nicht mehr mit dir gerechnet.«

»Tut mir leid«, sagte ich. »Ich bin aufgehalten worden.«

Ich konnte meine Augen schon nicht mehr vom Spielfeld wenden. Sarahs Vater bemerkte es gleich. »Das gefällt dir wohl«, meinte er.

»Das kann man wohl sagen. Wo haben die nur gelernt, so mit dem Ball umzugehen?«

»Na ja, Talent ist die eine Seite. Das muss man schon haben. Aber das nutzt noch nicht viel. Um ein wirklich guter Fußballer zu werden, gibt es nur einen Weg: trainieren, trainieren und noch einmal trainieren. Kondition und Technik, beides ist gleich wichtig.«

»Und das lernt man hier?«

Herr Merkel lachte auf. »Allerdings! Aber wir sind nicht die Einzigen. In anderen Vereinen lernt man das auch. Nur sind die Bedingungen hier natürlich besonders gut. Wir haben zum Beispiel ein besonderes Techniktraining für unsere Jugendlichen entwickelt. Basistraining nennen wir das.«

»Da lernt man wohl die Tricks, oder?«

Wieder lachte Herr Merkel. »Keine Tricks, Knubbel. Technik! Das heißt, dort lernt man, was man mit einem Ball machen kann und was nicht. Tricks lernst du eher bei meinem lieben Kollegen Wiegand.«

Ich sah ihn an. »Wollten Sie deshalb mit mir reden?«

Er sah auf seine Uhr. »Die Trainingszeit ist fast vorbei. Wenn sich die Spieler duschen und umziehen, dann kann ich dir alles in Ruhe erklären.«

»Gut, ich warte hier. – Wo ist denn eigentlich Sarah?«

»Sie hat etwas zu erledigen. Aber vielleicht kommt sie noch!«

Er ging zurück aufs Spielfeld, um sich wieder um seine Mannschaft zu kümmern. Ich sah ihm dabei zu. Er war schon ein klasse Typ. Bestimmt machte es Spaß, in einer Mannschaft zu spielen, die er trainierte, obwohl ich mich über Pluto auch nicht beschweren konnte. Es dauerte nicht lange, bis sich die Spieler die Bälle unter den Arm klemmten und, lachend und schwatzend, in Richtung Umkleidekabine liefen.

Während ich auf Herrn Merkel wartete, sah ich immer wieder zum Eingang. Ich hoffte, dass ich Sarah wenigstens noch einmal sehen konnte, bevor ich ging. Als ihr Vater kam, war sie immer noch nicht da.

»Komm, wir setzen uns da vorne auf die Bank«, sagte er. »Da haben wir unsere Ruhe.«

»Was ist denn mit dem SV Eiche?«, fragte ich ihn, als wir auf der Bank saßen.

»Mit dem SV Eiche ist eigentlich gar nichts. Der Verein hat sogar einen guten Ruf, besonders was seine Jugendarbeit betrifft. Nur gibt es da in letzter Zeit etwas, das diesen guten Ruf gefährden könnte.«

»Herr Wiegand«, sagte ich aufs Geratewohl.

Herr Merkel nickte. »Ja, den meine ich. In letzter Zeit ist uns einiges über ihn zu Ohren gekommen. Wenn das stimmt, muss etwas gegen ihn unternommen werden.«

Ich erschrak. »Was meinen Sie denn damit?«

»Damit meine ich, dass man ihm verbieten könnte, weiterhin Jugendmannschaften zu trainieren. Er ist ein harter Knochen. Du hast ihn ja kennengelernt.«

Und ob ich das hatte!

»Dagegen ist grundsätzlich noch nichts zu sagen«, erzählte Herr Merkel weiter. »Als Fußballtrainer muss man auch schon mal durchgreifen können. Nur übertreibt er es. Sein Training hat eher etwas von einer Militärausbildung. Aber was noch viel schlimmer ist, er soll seine Spieler zu unfairem Spiel geradezu anhalten und auffordern. Und das kann man auf keinen Fall durchgehen lassen. Mal abgesehen davon, dass es einfach unsportlich ist, ist die Gefahr, sich zu verletzen, viel zu groß. Gerade wenn man Jugendtrainer ist, muss man auf faires Spiel besonderen Wert legen. Wir haben ihm bisher nur noch nichts nachweisen können. Aber das wird sicher nicht mehr lange dauern.«

Mir waren, während Herr Merkel geredet hatte, einige kalte Schauer den Rücken heruntergelaufen. Es kam mir fast so vor, als sollten wir gegen Frankenstein und seine Monster antreten.

»Warum haben Sie mir das erzählt?«, fragte ich.

»Kannst du dir das nicht denken? Weil ihr gegen die Mannschaft von Herrn Merkel antreten wollt. Möglicherweise wäre es besser, ihr würdet darauf verzichten.«

»Das geht nicht«, sagte ich sofort.

»Warum nicht?«

»Weil ich glaube, dass wir immer noch eine kleine Chance gegen sie haben. Wenn wir jetzt aufgeben, wäre das einfach feige. Und außerdem – außerdem will ich nicht, dass meine Mutter die Umkleidekabinen putzen muss.«

Dass ich auch wegen Sarah nicht aufgeben wollte, verschwieg ich ihm lieber. Schließlich war er ihr Vater. Dafür kam er darauf zu sprechen.

»Ich verstehe ja, dass ihr nicht aufgeben wollt, aber es gibt einige Menschen, die sich Sorgen machen, Sarah zum Beispiel.«

»Sarah?«

»Ja, sie weiß, dass die Spieler dort von nichts anderem mehr reden als von diesem Spiel. Sie wollen gewinnen – mit allen Mitteln. Aber das kann sie dir auch selber sagen. Da kommt sie.«

Als ich mich umdrehte, stand sie schon vor uns. Ich zuckte richtig zusammen. Ich konnte mich nicht dagegen wehren.

»Hallo, Papa«, sagte sie leise.

Ihr Vater sah sie an. »Wie war's?«, fragte er nur, doch Sarah schien zu verstehen, was er meinte. Sie schüttelte den Kopf. Ich war mir nicht sicher, aber ich glaubte, Tränen in ihren Augenwinkeln zu sehen. Mir wurde ausgesprochen unbehaglich zumute.

»Soll ich gehen?«, fragte ich.

Herr Merkel stand auf. »Nein, nein, ich gehe. Bleib du nur. Und überlege dir bitte, was ich dir gesagt habe.«

»Mache ich. Und danke!«, rief ich ihm noch nach.

Sarah setzte sich neben mich, starrte auf den Boden zwischen ihren Füßen und schwieg.

Ich hatte keine Ahnung, was ich nun tun sollte. »Wenn du nicht willst, musst du mir nichts erzählen. Nur dein Vater ...«

»Nein, nein, ich will ja«, unterbrach sie mich. »Tut mir leid, aber ich war ganz in Gedanken.«

»Geht es um deinen Freund?«, fragte ich vorsichtig.

»Um meinen Exfreund«, antwortete sie trocken. »Ich habe mit ihm Schluss gemacht.«

Mein Magen und mein Herz machten gleichzeitig einen doppelten Salto. »Echt? Warum denn?«

»Wegen dir.«

»Was?!« Das war eindeutig zu laut gewesen.

»Eigentlich wegen euch«, verbesserte sie sich. »Wegen

dieses blöden Spiels. Wenn man es genau nimmt, wegen des Fußballs überhaupt.«

Mein Herz und mein Magen beruhigten sich schlagartig wieder. »Das kapiere ich nicht.«

Zum ersten Mal, seit sie gekommen war, huschte ein kleines Lächeln über ihr Gesicht. »Das kann ich mir denken. Dazu muss ich dir schon die ganze Geschichte erzählen. Michael, also mein Freund, hat bis vor einem Monat beim FC gespielt. Er war echt gut. Aber dann hat er plötzlich nur noch Mist gemacht. Vielleicht hat er gemeint, er könne sich das erlauben, weil er mit mir geht und ich die Tochter des Trainers bin. Er hatte sich aber verrechnet. Mein Vater hat es sich nicht gefallen lassen und ihn, nachdem er ihn ein paarmal verwarnt hat, hinausgeworfen. Seitdem ist er beim SV Eiche. Dort ist es von Tag zu Tag schlimmer geworden. Dieser Wiegand ist für ihn so was wie der liebe Gott. Wenn der ihm sagen würde, er soll auf allen vieren durch die Fußgängerzone krabbeln, würde er es tun.«

»Was findet der nur an diesem Blödmann?«, unterbrach ich sie.

Sie zuckte mit den Schultern. »Was meinst du, wie oft ich mich das schon gefragt habe. Nachdem sie mit euch diese Wette, oder was immer es ist, abgeschlossen haben, ist er völlig ausgeflippt. Er redet nur noch davon. Aber du müsstest hören, wie! Dass sie euch niedermachen oder platt walzen wollen, sind noch die harmlosesten Sprüche. Heute war ich es leid. Ich wollte ihm noch eine letzte

Chance geben. Ich habe ihm gesagt, dass er sich entweder einen neuen Verein sucht …«

»Oder eine neue Freundin«, ergänzte ich.

Sie nickte. Wie die Antwort ausgefallen war, war nicht schwer zu erraten.

»Und jetzt?«, fragte ich.

Sie zuckte mit den Schultern. »Weiß nicht. Von Jungen habe ich jedenfalls erst mal die Nase voll, zumindest von einem festen Freund.«

Sarah sah wieder auf den Boden zwischen ihren Füßen, während ich in meinem Gehirn nach Worten kramte, die sich nicht nach Seifenoper oder Grundschule anhörten. Von einem festen Freund hatte sie also die Nase voll. Das war wirklich keine gute Nachricht.

»Hat mein Vater dir abgeraten, gegen den SV Eiche zu spielen?«, fragte sie mich nach einer Weile.

»Ja, aber ich habe ihm gesagt, dass das nicht infrage kommt. Gerade jetzt können wir nicht aufgeben. Wir müssen kämpfen, jeder Einzelne.«

Sarah sah mich an. »Weißt du, dass ich dich heute echt beneidet habe?«

»Warum das denn?«

»Weil deine Freundin und du euch so gut versteht.«

»Wie?«

»Na ja, immerhin wartet sie vor dem Eingang auf dich.«

Mein Magen und mein Herz vollführten wieder ihre Kunststücke. Dieses Mal hatte es jedoch ganz andere Gründe.

»Sie – sie wartet auf mich?«

Sarah sah mich verständnislos an. »Wusstest du das nicht? Sie steht vor dem Eingang. Ich habe sie getroffen, als ich vorhin gekommen bin.«

Ich sprang auf. »Ach ja, stimmt! Ich – ich hatte es ganz vergessen«, stotterte ich. »Sie wollte mich abholen. Und nun ist es schon so spät geworden.«

»Worauf wartest du dann noch? Schließlich sollt ihr nicht auch noch Streit bekommen!«

»Gut, dann tschüs«, sagte ich hastig. »Und danke, dass du mir das alles erzählt hast.«

So ein Mist! Mein Herz raste. Was hatte Marilyn hier zu suchen? War sie mir nachgefahren? Aber vielleicht hatte Sarah ja auch nur ein Mädchen gesehen, das Marilyn ähnlich sah. Schließlich kannten sich die beiden kaum. Es gab leider nur einen Ausgang. Darum musste ich es drauf ankommen lassen.

Sarah hatte sich nicht geirrt. Gleich vor dem Eingang stand Marilyn. Zunächst sah sie in eine andere Richtung, doch dann drehte sie sich um. Als sie mich erkannte, geschah etwas mit ihr. Es sah fast so aus, als würde sie erstarren, so wie die Frau in der Bibel. Ich blieb stehen. Dafür kam nun Marilyn langsam auf mich zu. Ich war nicht mehr fähig, auch nur noch einen Schritt zu tun. Es war, als würde sich mein schlechtes Gewissen wegen der Lügen und meinem Versteckspiel zwischen Sarah und Marilyn nun zu einem dicken Pudding in meinen Knien sammeln. Sie war noch ein paar Schritte von mir entfernt, da blieb sie stehen, als wollte sie mir nicht zu nahe kommen. Wir sahen uns in die Augen. Es waren, glaube ich, die schrecklichsten Momente in meinem Leben.

»Besorgungen für deine Mutter musst du also machen, in der Stadt«, sagte sie viel ruhiger, als ich es erwartet hatte.

»Du, Marilyn, ich wollte eigentlich gar nicht zum Stadion gehen, aber ...«

»Du musst mir nichts erklären«, sagte sie immer noch sehr ruhig. »Und du brauchst dich auch nicht zu entschuldigen.«

Nun verstand ich überhaupt nichts mehr. »Aber was ist denn dann? Warum guckst du so?«

»Sag mal, bist du eigentlich so blöde oder tust du nur so?«, brüllte sie mich plötzlich an.

»Wie meinst du das? Ich verstehe dich nicht.«

Sie kam einen Schritt auf mich zu und beugte sich vor. »Da hast du recht, Knubbel! Da hast du wirklich recht! Du verstehst tatsächlich nichts! Glaubst du, ich hätte keine Gefühle? Oder weißt du einfach nicht, was du willst?«

»Aber ich dachte, wir ...«

»Ich habe echt keine Ahnung, was du gedacht hast. Weil du es mir nämlich nie gesagt hast! Ich habe dieses Hin und Her satt, verstehst du? Erst lädst du mich zum Fußballspiel ein und dann redest du fast kein Wort mit mir. Dann nimmst du mich zu dieser Besprechung mit dem SV Eiche mit und am nächsten Tag ist alles wie immer. Glaubst du nicht, ich wäre gerne mal mit dir allein gewesen? Hätten wir uns nicht wenigstens ein Mal nachmittags treffen können? Immer machst du nur Andeutungen oder du guckst mich an wie ein Dackel! Und wenn du dir nichts aus mir machst, dann hättest du es mir zumindest sagen können!«

»Aber es stimmt nicht, dass ich mir nichts aus dir mache!«, rief ich. »Es ist nur so, dass ich ...«

Mir blieb das Wort im Hals stecken. Ich wusste nicht mehr, was ich sagen sollte.

Marilyn wartete einen Augenblick, dann kam sie noch ein Stück näher und sah mich mit großen Augen an. So wütend hatte ich sie noch nie gesehen.

»Siehst du? Genau das meine ich! Und wenn ich dann zu dir komme, lügst du mich auch noch an! Aber jetzt reicht es mir! Ich habe keine Ahnung, was zwischen uns gewesen ist. Ab jetzt ist da auf jeden Fall nichts mehr!«

Sie drehte sich um und lief davon. Bei ihren letzten Worten hatte ich deutlich Tränen in ihren Augen gesehen.

»Tut mir leid, ehrlich«, sagte ich leise. »Ich mag dich wirklich.«

Vor einiger Zeit habe ich mir mit meinen Eltern einen Film im Fernsehen angesehen, in dem es eine Szene gab, die fast genauso war wie das, was ich gerade mit Marilyn erlebt hatte.

»Wenn eine Frau wegen dir weint, es dir aber nicht zeigen will, dann weißt du, dass du wirklich Mist gebaut hast«, hatte mein Vater damals zu mir gesagt.

Mein Vater ist ein ganz normaler Typ. Er verdient

nicht besonders viel Kohle und er hat auch nicht studiert oder so. Aber was Mädchen betrifft, hat er echt Ahnung, glaube ich.

Ich hatte Mist gebaut. Ich hatte sogar großen Mist gebaut. Das wusste ich jetzt. Von Anfang an hatte ich alles falsch gemacht.

Ich ging in einen Imbiss, kratzte mein letztes Geld zusammen, bestellte mir eine doppelte Portion Pommes mit Mayo und Ketchup und setzte mich an einen Tisch. Während ich aß, wurde mir klar, dass meine Mutter recht behalten hatte. Ich hatte mich zwischen Sarah und Marilyn nicht entschieden und darum waren sie nun beide weg. Marilyn war so sauer, dass sie sich bestimmt nicht wieder mit mir versöhnen würde, selbst wenn ich sie zu hundert Fußballspielen einladen würde. Und Sarah? Die hatte von Jungen erst einmal die Nase voll. Das hatte sie selbst gesagt. Und auch sonst war sie bestimmt nicht an mir als Freund interessiert, denn dann hätte sie nicht so über mich und Marilyn gesprochen, wie sie es getan hatte. Sie würde uns beneiden, hatte sie gesagt. Wenn sie mich hier sehen könnte, würde sie bestimmt anders darüber denken.

Was blieb mir also noch? – Der Fußball! Ich ließ die Gabel fallen. Mit lautem Klimpern fiel sie zu Boden. Warum saß ich hier und aß Pommes? So würde ich bestimmt keine Kondition bekommen! Ich stand auf und ging unter den fragenden Blicken der Frau hinter der Theke hinaus. Da ich kein Geld mehr für die Straßenbahn hatte, musste ich laufen. Ich machte aus der Not eine Tugend und trabte im Dauerlauf nach Hause. Es ging erstaunlich gut. Plötzlich konnte ich wieder denken. Ich hatte die Sache mit Sarah und Marilyn vermasselt. Darüber war ich sehr traurig, aber ich konnte es nicht mehr ändern. Das sollte mich aber nicht davon abhalten, mein Ziel zu erreichen. Ich wollte gegen den SV Eiche gewinnen. Koste es, was es wolle! Die Warnungen von Sarah und ihrem Vater stachelten meinen Ehrgeiz nur noch mehr an. Wenn diese Typen auf meine Knochen treten wollten, dann mussten sie sie erst einmal treffen!

Am nächsten Tag bestand Tina darauf, mit mir gemeinsam zum Training zu gehen. Ich hatte zwar keine Lust dazu, aber ein Blick meiner Mutter genügte, um mir deutlich zu sagen, dass wieder einmal »großer Bruder« angesagt war.

Auf dem Weg zum Sportplatz war ich dann doch ganz froh darüber. Tinas unaufhörliches Geplapper lenkte mich ein wenig ab. Den ganzen Vormittag über hatte ich mit Schrecken daran gedacht, wie es sein würde, wenn ich Marilyn wieder gegenüberstand. Je näher wir unserem Trainingsplatz kamen, desto größer wurde die Angst davor. Da konnte auch Tina nicht mehr helfen.

Wie schon beim letzten Mal waren wir wieder zu spät. Als wir zu den Umkleidekabinen kamen, sah ich die anderen schon in Richtung Sandplatz marschieren. Alle übrigen Trainingsplätze waren mal wieder hoffnungslos überfüllt. Am Wochenende war hier anscheinend noch mehr los als an den anderen Tagen sowieso schon.

Die Luft in den Umkleidekabinen war nicht besser geworden. Trotzdem ließ ich mir mehr Zeit als sonst. Auch als ich mich auf den Weg zu der Holperpiste machte, die einmal ein Fußballplatz gewesen war, hatte ich es nicht besonders eilig. Ich hatte damit gerechnet, dass die anderen schon beim Konditionstraining waren, wenn ich eintraf. Stattdessen standen sie um Pluto herum. Da war etwas nicht in Ordnung. Das sah ich gleich.

»Was ist denn los?«, fragte ich Pluto.

»Marilyn will nicht mehr mitmachen.«

Mit verschränkten Armen stand sie neben Pluto und sah stur an mir vorbei.

»Und warum nicht?«, fragte ich, obwohl ich mir das hätte sparen können.

»Das sagt sie nicht«, rief Säbel.

»Und ob ich das gesagt habe!«, fuhr sie ihn an. »Ich habe keine Lust mehr! Ich sehe gar nicht ein, warum ich mir von den Blödmännern die Knochen zerschinden lassen soll. Und außerdem will ich nicht auf diesem Acker hier spielen!«

»Recht hat sie!«, pflichtete Kralle ihr bei.

»Hättet ihr euch das nicht früher überlegen können?«, rief Doppelpass 1. Sie schien tatsächlich wütend auf Marilyn zu sein, obwohl sie sonst die dicksten Freundinnen waren. Ob Marilyn ihr nichts von unserem Streit erzählt hatte?

Pluto hob die Hände zum Himmel. »Kinder, Kinder!«, stöhnte er. »Ihr treibt mich noch mal zum Wahnsinn!«

Er konnte einem wirklich leidtun, vor allem weil er keine Ahnung hatte, worum es wirklich ging. Über den Grund für Marilyns Sinneswandel musste ich nicht lange nachdenken. Den kannte ich genau.

»Ehrlich gesagt habe ich auch keinen großen Bock darauf, hier zu spielen«, sagte nun auch noch Beule, während sein Freund Tüte dazu nickte. »Zum Skaten ist es ganz gut hier, aber nicht zum Fußballspielen.«

»Jetzt reicht es mir!«, ging Pluto dazwischen. »Ich wäre den Herrschaften wirklich ausgesprochen dankbar, wenn sie sich endlich entscheiden könnten, was sie eigentlich wollen. Schließlich geht es hier auch um meine Freizeit! Ich habe keine Lust, vor jedem Training die gleiche Diskussion zu führen! Ich gebe euch noch eine letzte Chance. Wer gehen will, soll es jetzt gleich tun. Wer bleibt, spielt gegen den SV Eiche, ohne Wenn und Aber – vorausgesetzt natürlich, es bleiben noch genug übrig.«

Was redete der da? Außer Marilyn hatten schon Kralle, Tüte und Beule gesagt, dass sie keine Lust mehr hatten. Selbst wenn die anderen blieben, würden wir keine komplette Mannschaft mehr zusammenbekommen.

Doch Pluto fuhr unbeirrt fort: »Also, wer will gehen?«

Ich sah auf den Boden. Das war es also. Nun war dieser Traum auch vorüber.

»Wer kommt denn da angeschlichen?«, brüllte Tüte plötzlich. »Hoffentlich sind das nicht diese beknackten Rentner!«

Alle sahen in die Richtung, in die Tüte gezeigt hatte. Ich hatte gedacht, dass mich nach den Erlebnissen der letzten Tage so leicht nichts mehr verblüffen könnte. Da hatte ich mich getäuscht.

Sarah und ihr Vater kamen auf uns zu.

8. Kapitel

Herr Merkel lächelte uns freundlich zu, als er merkte, dass wir ihn entdeckt hatten. Sarah ging neben ihm. Sie sah immer noch traurig aus. Ich riskierte einen Blick auf Marilyn. Ihre Augen waren nur noch kleine Schlitze.

Herr Merkel ging auf Pluto zu und reichte ihm die Hand. »Guten Tag, mein Name ist Merkel und das ist meine Tochter Sarah. Entschuldigen Sie bitte, dass wir Sie stören.«

Dann drehte er sich zu mir um. »Hallo, Knubbel.«

»Hallo.«

Mit sehr vielen Fragezeichen im Gesicht nahm Pluto seine Hand. »Pluta. Angenehm. Was kann ich für Sie tun?«

»Wer ist der Typ?«, fragte Säbel, der neben mir stand.

»Er ist Jugendtrainer beim FC.«

»Beim – beim FC? Und du kennst den?«

»So könnte man sagen.«

»Und was will der hier? Uns spielen sehen?«

Ich zuckte mit den Schultern. »Keine Ahnung. Aber er wird es sicher gleich sagen.«

Das tat Herr Merkel. »Sie werden sich bestimmt wundern, warum wir hier auftauchen. Meine Tochter Sarah kennt einen Ihrer Spieler, Björn oder Knubbel, wie er sich selbst nennt. Von ihm weiß ich von Ihrem Spiel gegen den SV Eiche.«

Pluto sah Herrn Merkel immer noch verständnislos an. »Aha. Und?«

»Ja, wissen Sie, ich trainiere eine Jugendmannschaft beim FC.«

Als wäre es ein Zauberwort gewesen, machte sich plötzlich Gemurmel breit. Pluto hob die Hand. Es war sofort wieder still.

»Aha«, sagte unser Klassenlehrer wieder. »Nett, Sie kennenzulernen.«

»Ich habe noch gestern mit Knubbel gesprochen«, fuhr Herr Merkel fort. »Und wenn ich ihn richtig verstanden habe, dann wollen Sie und Ihre Mannschaft auf gar keinen Fall aufgeben.«

»Nun ja«, meinte Pluto. »Um ehrlich zu sein, haben wir gerade eine kleine Krise.«

»Die gibt es immer«, lachte Herr Merkel. »Ich finde die Einstellung Ihrer Mannschaft jedenfalls so gut, dass ich mich dazu entschlossen habe, natürlich nach Absprache mit dem Verein, Ihnen unsere Trainingsmöglichkeiten zur Verfügung zu stellen. Und wenn Sie einverstanden sind, würde ich Sie auch gerne bei Ihrer Arbeit unterstützen.«

Nun war meine Mannschaft nicht mehr zu halten. »Trainieren beim FC! Stark!« und: »Der Typ will uns helfen«, waren die Kommentare, die ich von überall hörte.

Sarah sah mich an und zwinkerte mir zu. Bestimmt war sie es gewesen, die ihren Vater dazu überredet hatte. Sie war schon klasse!

Pluto wurde sichtlich verlegen. »Warum wollen Sie das tun, Herr Merkel?«

Sarahs Vater lächelte Pluto an. »Wie ich schon sagte, ich bin von der Einstellung Ihrer Mannschaft begeistert. Sie wollen nicht aufgeben, auch wenn der Gegner haushoch überlegen scheint.«

»Das ist wirklich ein sehr großzügiges Angebot, Herr Merkel«, sagte Pluto immer noch verlegen. »Und ich würde mich auch freuen, wenn Sie uns bei unserem Training helfen. Da könnte ich sicher auch noch einiges lernen.«

»Dann sind Sie also einverstanden?«

Pluto sah in die Runde. »Das möchte ich meine Mannschaft entscheiden lassen. Also, wer ist dafür, dass wir Herrn Merkels Angebot annehmen?«

Mit einem Schlag waren alle Arme oben, auch die von Kralle. Diese Gelegenheit wollte sich niemand von uns entgehen lassen. Nur ein Arm blieb unten, der von Marilyn.

»Was ist mit dir?«, fragte Pluto sie. »Möchtest du nicht?«

Marilyn sah mir in die Augen, während ihr unsere Mannschaftskameraden aufmunternd zunickten. Ich hielt ihrem Blick stand. Es kostete mich alle Kraft, aber ich schaffte es.

»Also gut, ich mache mit«, sagte sie endlich. Dann sah sie wieder weg.

Warum tat sie das? Der ganze Ärger, ihre Wut auf mich und ihre Enttäuschung, alles hatte mit dem Fußball und vor allem mit Sarah zu tun. Und trotzdem ließ sie uns nicht im Stich. Ich Trottel hatte es mir mit dem nettesten Mädchen aus der Klasse verdorben.

Herr Merkel lenkte mich ab. »Dann ist es also beschlossene Sache. Wir treffen uns dienstags und donnerstags um drei Uhr und samstags um zehn Uhr auf unserem Trainingsgelände.«

»Ich freue mich darauf«, strahlte Pluto, nahm Herrn Merkels Hand und schüttelte sie kräftig.

Als wir unseren Eltern erzählten, was passiert war, hatten Tina und ich freie Bahn. Der »Stolze-Eltern-Bonus« hielt das ganze Wochenende vor.

Was das Angebot von Herrn Merkel für uns, aber vor allem für mich bedeutete, begriff ich erst in der nächsten Woche. Als wir am Dienstag zum Training auftauchten, mussten wir als Erstes zum Vereinsarzt. Der untersuchte uns und stellte fest, wie fit wir waren. Danach baute Herr Merkel für uns ein Programm für das Konditionstraining zusammen, »maßgeschneidert«, wie er sagte. Ab dem nächsten Termin ging es richtig zur Sache: Konditionstraining, Technik und Theorie. Pommes bekam sogar ein Torwarttraining ganz für sich allein. Auch Pluto war begeistert. Herr Merkel und er unterhielten sich oft. Wahrscheinlich konnte sich unser Klassenlehrer bei unserem Training einiges abgucken.

Es war fast wie in der Schule. Mich störte das nicht, ganz im Gegenteil. Mich ärgerte allerdings, dass einige aus unserer Mannschaft meinten, sie könnten so weitermachen wie bisher bei Pluto. Sie meckerten, wenn ihnen etwas zu anstrengend war, oder machten Witze über das Training. Vor allem Kralle, Tüte und Beule taten sich dabei hervor. Ich sagte ihnen einige Male ordentlich die Meinung. Warum nahmen sie sich nicht ein Beispiel an der Jugendmannschaft des FC oder an mir?

Ich war voll bei der Sache. Alles, was Herr Merkel uns beibrachte, sog ich auf wie ein Schwamm. Wir lernten, was es für einen Unterschied machte, mit dem Außenriss, dem Innenriss oder dem Spann zu schießen. Herr Merkel brachte uns die richtige Körperhaltung bei und vieles mehr. Es wäre schön gewesen, wenn Sarah das auch hätte sehen können. Sie ließ sich allerdings bei unserem Training nie blicken. Zwischen Marilyn und mir gab es so etwas wie einen Waffenstillstand. Wir gingen uns aus dem Weg. Das heißt, sie ging mir aus dem Weg. Sie hatte sich auf einen anderen Platz gesetzt und war meistens mit Doppelpass zusammen. Die Zwillinge behandelten mich auch wesentlich kühler als vor meinem Krach mit Marilyn. Es war keine besonders schöne Situation für mich. Manchmal knabberte es sogar sehr heftig an mir. Dann konnte ich nicht einschlafen, weil ich immer wieder daran denken musste, wie Marilyn weggelaufen war.

Fußballspielen war da wirklich ein Trost für mich. Auch außerhalb der Trainingszeiten beim FC übte ich weiter, manchmal sogar auf dem Sportplatz am Stadtgarten. Ich hatte genug Zeit dazu. Kralle kam mich nicht mehr besuchen. Möglicherweise hatte er zu viel zu tun. Es war mir auch egal, solange ich trainieren konnte. Noch nicht einmal Tina hielt mich davon ab. Sie unternahm jetzt lieber alleine etwas, wie sie sagte.

Ich spürte, dass ich immer besser wurde. Nur bei den Übungsspielen konnte ich mir noch keine Lorbeeren verdienen.

Vor einem dieser Übungsspiele kam Herr Merkel zu mir.

»Heute probieren wir etwas Neues aus«, meinte er zu mir. »Du spielst heute vorne.«

»Vorne?«, rief ich. »Sie meinen im Sturm?«

Herr Merkel nickte.

»Aber ich habe bisher immer nur in der Verteidigung gespielt.«

»Ich weiß. Es ist ein alter Irrglaube von vielen Amateuren, dass die Kräftigen die Verteidigung übernehmen. Aber wenn du dir einmal die Profis ansiehst, wirst du feststellen, dass viele Stürmer sehr kräftig gebaut sind. Die können sich gut durchsetzen.«

»Und was soll ich da machen?«, wollte ich wissen.

Herr Merkel grinste mich an. »Tore schießen.«

So kam ich also bei einem Übungsspiel zu meinem ersten Einsatz als Stürmer. Es war ein komisches Gefühl, das gegnerische Tor so nah vor sich zu sehen. Zuerst kam ich gar nicht damit zurecht. Zwischendurch gab mir Herr Merkel noch einige Anweisungen, wie ich mich verhalten sollte. Die befolgte ich natürlich. Ich musste viel mehr laufen, als ich es als Verteidiger getan hatte. Immer wenn die Gegner den Ball hatten, musste ich mit zurück. Das war sehr anstrengend.

Doch dann geschah es. Doppelpass 1, die in meiner Mannschaft spielte, schrie plötzlich: »Lauf, Knubbel!«

Dann schoss sie den Ball in meine Richtung. Er lief an mir vorbei. Ich rannte hinterher, rannte, was meine Beine hergaben. Ich lief sogar Kralle davon, was mich sehr wunderte. Der Ball rollte genau in meinen Lauf. Plötzlich erinnerte ich mich an alles, was Herr Merkel uns beigebracht hatte. Die richtige Schussposition, Spann und drauf. Und da war er im Tor! Der Ball flatterte zwar ein wenig, aber genau das schien Pommes zu irritieren. Er griff vorbei und der Ball war im Netz.

Ich hatte mein erstes richtiges Tor geschossen! Das war ein Gefühl, wie ich es noch nie gefühlt hatte. Meine Mitspieler liefen auf mich zu, umarmten mich und klopften mir auf die Schulter. Sonst war ich es immer gewesen, der auf sie zugelaufen war. Es war unbeschreiblich. Dieses Gefühl wollte ich öfter haben, immer und immer wieder!

»Na, wie war es?«, wollte Herr Merkel wissen, als das Training vorbei war.

»Super!«, rief ich »Echt super, Herr Merkel! Darf ich jetzt immer im Sturm spielen?«

Unser Trainer sah mich auf eine irgendwie merkwürdige Art an. »Ich denke schon, Knubbel«, sagte er dann.

Von diesem Tag an setzte mich Herr Merkel nur noch als Stürmer ein, wenn wir ein Übungsspiel machten. Immer wieder erklärte er mir, was ich auf dieser Position zu tun und zu lassen hatte. Und von da an lief es auch in den Übungsspielen immer besser. Es war, als würde ich endlich das spielen, was ich, ohne es zu wissen, immer gewollt hatte. Die Tore, die ich ab und zu schoss, und der anschließende Jubel waren meine Belohnung.

Wenn ich einmal von Marilyn absah, die mich immer noch keines Blickes würdigte, und auch von Sarah, die ich in den ganzen drei Wochen nicht einmal zu Gesicht bekommen hatte, war ich sehr zufrieden mit meinem Leben. Mittlerweile war Fußball das Wichtigste für mich geworden. Und ich tat das, was Herr Merkel mir einmal gesagt hatte: Ich trainierte, trainierte und trainierte.

Nur machten mir, je besser ich selbst wurde, die anderen Spieler des FC Streuselkuchen immer mehr Sorgen. Wenn ich ihnen manchmal ein paar gute Ratschläge gab oder sie ermahnte, sich mehr anzustrengen, reagierten sie immer aggressiver darauf. Sogar Kralle giftete mich an, wenn ich nur die Worte Training oder Fußball in den Mund nahm. Es war fast so, als hätten sie sich gegen mich verschworen. Möglicherweise war es aber auch nur ihre Nervosität, denn der Tag der Entscheidung rückte näher und näher. Und dann war es endlich so weit.

Die drei Wochen waren wie im Flug vergangen. Als ich am Morgen des entscheidenden Samstags aufwachte, konnte ich gar nicht glauben, dass es schon so weit war. Heute sollten wir also gegen den gefürchteten, scheinbar so übermächtigen und brutalen SV Eiche spielen. Dafür hatten wir uns in den letzten Wochen abgerackert, dafür hatten Pluto und vor allem Herr Merkel ihre Zeit geopfert. Ich würde sie nicht enttäuschen, das wusste ich jetzt schon. Ich hoffte nur, dass meine Mannschaftskameraden auch so dachten.

Zum Glück sollte das Spiel schon um zehn Uhr morgens beginnen. Länger hätte ich es bestimmt auch nicht ausgehalten. Um neun Uhr saß ich in der Umkleidekabine. Ich war der Erste. Ich war ganz froh darüber. So konnte ich mich in Ruhe auf das Spiel konzentrieren. Nach und nach trudelten auch die anderen ein.

Herr Merkel hatte den SV Eiche während der letzten Wochen ein paarmal beobachtet. Immer wieder hatte er mit uns darüber gesprochen, wie wir den SV Eiche schlagen konnten. Eine besondere Rolle fiel mir dabei zu. Ich sollte auf der rechten Seite spielen. Mein wahrscheinlicher Gegenspieler war, wie Herr Merkel sagte, einer der schwächeren Spieler. Besonders sollten wir dagegen auf den Kapitän der Mannschaft aufpassen. Der sei wirklich gut. Und das war natürlich der Exfreund von Sarah. Wie gut er war, hatte ich ja schon während des Schulpokals feststellen müssen.

Als wir hinausgingen, um uns vor dem Spiel warm zu machen, war der SV Eiche schon auf dem Platz. Wir wurden mit entsprechendem Gejohle und Gespotte begrüßt.

Ihr »Streuselkuchen! Streuselkuchen!« hallte über den ganzen Platz. Wir störten uns nicht weiter daran. Das kannten wir schon zur Genüge. Ich sah mich um. Es hatten sich sogar einige Zuschauer eingefunden. Meine Eltern waren auch dabei. Meine Mutter nagte auf ihrer Unterlippe herum. Für sie stand einiges auf dem Spiel.

Unwillkürlich musste ich an unser erstes Spiel im Schulpokal denken. Was hatte sich seitdem alles verändert! Das sah man sogar an unserer Kleidung. Damals hatten wir noch in unseren privaten Turnhosen und Socken gespielt. Für dieses Spiel hatte uns Herr Merkel einheitliche Hosen und Stutzen besorgt. Er hätte uns sogar Trikots zur Verfügung gestellt, doch wir hatten auf unserem Streuselkuchen-Outfit bestanden.

Ich versuchte, zwischen den Zuschauern Sarah zu entdecken. Aber sie war wohl wieder nicht gekommen. Ein paarmal hatte ich schon überlegt, Herrn Merkel zu fragen, warum sie sich nie sehen ließ. Ich hatte es dann aber doch nicht gemacht. Es war bestimmt besser, wenn wir uns nicht mehr sahen.

Die zweite Erinnerung an den Schulpokal kam, als der Kapitän des SV Eiche und ich einander gegenüberstanden, um die Seiten zu wählen. Bei unserem ersten Spiel gegen das Schillergymnasium war es auch so gewesen.

»Na«, grinste mich der ehemalige Freund von Sarah an. »Wir kennen uns ja schon.«

»Allerdings.«

Sein Grinsen wurde breiter. »Weißt du noch? Drei zu null! Und heute bekommt ihr eine noch dickere Packung.«

»Das werden wir ja sehen.«

»Oh ja! Das werdet ihr sehen. Auf jeden Fall freue ich mich schon darauf, gegen dich zu spielen.«

»Woher willst du wissen, dass du gegen mich spielst?«, fragte ich. Ich überlegte, ob sie auch Spione zu unserem Training geschickt hatten.

»Ich weiß es eben. Mein Trainer hat mir zugesagt, dass ich gegen dich spielen kann, egal auf welcher Position.«

Das konnte ja heiter werden! »Ich soll dich übrigens schön von Sarah grüßen!«, rief ich ihm noch nach, als er nach der Seitenwahl zu seiner Mannschaft lief.

Er drehte sich um und sah mich mit einem Blick an, den ich nur als ausgesprochen unfreundlich bezeichnen konnte. Wahrscheinlich würde er nun noch härter gegen mich spielen, aber das war es mir wert gewesen.

Beim Anpfiff hatte ich das Gefühl, als machte sich etwas in mir Luft, das sich in den letzten Wochen angestaut hatte. Noch nie war ich mir so sicher, dass wir eine gute Chance gegen sie hatten.

Sarahs Exfreund hatte schnell herausgefunden, wo ich spielte. Er ließ mich keine Sekunde aus den Augen. Als ich zum ersten Mal den Ball bekam, bereitete ich ihm eine kleine Überraschung: Ich spielte ihn aus. Er war so verdattert, dass ich kurz vor der Strafraumgrenze unbedrängt zum Schuss kam. Leider hatte der Torwart aufgepasst. Er fing ihn ohne Probleme.

Als ich zurücklief, trabte mein Gegenspieler neben mir. Aus den Augenwinkeln sah ich, dass er mich ungläubig musterte. Er hatte wohl damit gerechnet, dass ich noch so spielte wie bei unserer ersten Begegnung. Noch während ich mich darüber freute, spürte ich plötzlich einen heftigen Schmerz in der Seite. Ehe ich kapierte, dass er mir seinen Ellbogen in die Seite gerammt hatte, war er schon ein paar Meter weiter. Pluto, der alles gesehen hatte, beschwerte sich lautstark über das versteckte Foul. Es half nichts. Der Schiedsrichter hatte es nicht mitbekommen. Ich wunderte mich darüber, nur Pluto am Spielfeldrand zu sehen. Herr Merkel war nicht dort. Ich sah mich nach ihm um. Ich entdeckte ihn zwischen den Zuschauern. Und neben ihm stand Sarah!

Von da an hatte ich nichts zu lachen. Wann immer ich auch nur in die Nähe des Balls kam, war der Kapitän unserer Gegner bei mir. Er stieß und zerrte und stand mir auf den Füßen. Obwohl er nicht direkt unfair spielte, war es oft hart an der Grenze und für mich meistens schmerzhaft. Ich biss die Zähne zusammen. Davon würde ich mich nicht unterkriegen lassen!

Meinen Mitspielern ging es nicht besser. Asterix lag mehr auf der Nase, als dass er stand. Und auch die anderen schrien schon während der ersten Spielminuten öfter vor Schmerz auf als während des Trainings der letzten drei

Wochen. Der Einzige, der verschont blieb, war Obelix. Vor seiner Größe hatten unsere Gegner anscheinend Respekt. Unser Pech war nur, dass Obelix unser mit Abstand schlechtester Spieler war. Der Schiedsrichter tat sein Bestes. Er pfiff, verwarnte unsere Gegner und gab uns Freistöße. Bei all ihrer Hinterlist waren unsere Gegner aber sehr clever. Sie begingen keine groben Fouls, vielmehr waren es viele kleine oder solche, die der Schiedsrichter nicht sah. Damit wollten sie uns mürbe machen. Danach sah es aber überhaupt nicht aus. Ich will nicht sagen, dass wir überlegen waren, aber wir hielten gut mit. Spielanteile und Torchancen hielten sich die Waage, wie es in den Sportberichten immer so schön heißt. Unser Training mit Herrn Merkel machte sich bezahlt. Wenn wir so weiterspielten, hatten wir sogar Chancen, als Gewinner vom Platz zu gehen.

Es war etwa in der zehnten Minute, als diese Hoffnung Realität zu werden schien. Wir machten unser erstes Tor. Leider war nicht ich es, der es schoss, sondern Säbel. Nach einem Freistoß von Marilyn nahm er den Ball direkt und er ging ins Netz. Der Torwart hatte nicht die geringste Chance. Der Jubel um Säbel war unglaublich. Obwohl ich gerne an seiner Stelle gewesen wäre, gönnte ich es ihm. Er war wieder einmal der beste Spieler von uns.

Auf dem Weg zurück in unsere Spielhälfte lief ich an meinem Gegenspieler vorbei und grinste ihm herausfordernd zu. Er sah mich wütend an.

»Jetzt geht es erst richtig los, Dicker«, zischte er mir wütend zu.

Er lief zu einem seiner Mitspieler und flüsterte ihm etwas ins Ohr. Der nickte und lief zu mir, während Sarahs Exfreund auf der anderen Seite des Platzes blieb. Er hatte die Position gewechselt. Das war klar. Nur warum?

In dem Augenblick, als ich es erfuhr, war es zu spät. Er hatte mit Säbels Gegenspieler getauscht. Kurz nach dem Anstoß kam Säbel wieder an den Ball. Der Kapitän des SV Eiche rannte auf ihn zu und grätschte in Säbels Beine. Dabei traf er ihn mit seinem Schuh genau an Säbels Knöchel. Säbel heulte auf, fiel hin und wälzte sich im Gras. Ich hatte im Fernsehen schon öfter Situationen gesehen, die die Kommentatoren immer als üble oder böse Fouls bezeichnen. Ich hatte mich immer sehr darüber aufgeregt und geschimpft wie ein Rohrspatz. Doch nun war ich dabei gewesen und es hatte einen meiner Mitspieler getroffen. Ich schimpfte nicht. Das Einzige, was ich fühlte, war blankes Entsetzen.

Ich rannte zu Säbel, der sich immer noch am Boden krümmte. Als ich dort eintraf, war schon unsere halbe Mannschaft um ihn versammelt, einschließlich Pluto. Ich sah auf einen Blick, dass Säbel nicht mehr weiterspielen konnte. Sein geschundener Knöchel war schon doppelt so dick wie der andere.

»Das sieht nicht gut aus«, sagte Pluto nach einem kurzen Blick auf Säbels Knöchel. »Kannst du aufstehen?«

Säbel schüttelte mit schmerzverzerrtem Gesicht den Kopf. »Das tut so weh!«

»Du musst ins Krankenhaus. Sicher ist sicher.«

»Das machen wir«, hörte ich eine Stimme hinter mir. Es war meine Mutter. Mein Vater stand neben ihr. Ohne eine Antwort abzuwarten, nahmen sie Säbel in ihre Mitte und trugen ihn fort.

»Ich will aber nicht ins Krankenhaus!«, hörten wir ihn heulen. Es half ihm nichts.

Wie gelähmt sahen wir ihnen nach. Ich sah mich nach dem Schiedsrichter um und erschrak, als ich ihn gleich neben mir entdeckte.

»So was habe ich ja noch nie erlebt«, sagte er leise. Dann drehte er sich um und lief auf Sarahs Exfreund zu. Der hatte sich in sicherer Entfernung aufgehalten, als ginge ihn das Ganze nichts an.

»Das hat mit Sport absolut nichts mehr zu tun, mein Junge!«, brüllte der Schiedsrichter ihn an und zeigte ihm die rote Karte. »Mach, dass du vom Platz kommst! Ich will dich hier nicht mehr sehen!«

Auch von Herrn Wiegand war in den letzten Minuten nichts zu sehen gewesen. Doch nun rannte er wie ein wütender Stier auf den Schiedsrichter zu.

»Was soll denn das? Das war keine Absicht! Er wollte den Ball treffen!«

»Das soll keine Absicht gewesen sein?«, rief der Schiedsrichter. »Ihr Spieler hatte es auf die Beine des Jungen abgesehen und nicht auf den Ball!«

»So ein Quatsch!«

Plötzlich stand Herr Merkel bei den beiden. Ich sah mich nach Sarah um. Sie stand immer noch zwischen den Zuschauern.

»Das ist überhaupt kein Quatsch, Herr Wiegand«, sagte Herr Merkel. »Wir haben alle Augen im Kopf. Das Spiel Ihrer Mannschaft hatte mit Sport wirklich nicht viel zu tun.«

Herr Wiegand sah Sarahs Vater mit einem verächtlichen Blick an. Die beiden schienen sich zu kennen.

»Und?«, fragte er herausfordernd. »Was geht Sie das an?«

»Das geht mich eine Menge an. Vor allem geht es mich etwas an, wenn Sie Ihre Spieler zu unfairen Aktionen verleiten.«

Herr Wiegand lachte laut auf. »Wer sagt denn das? Fußball ist nun einmal ein harter Sport. Mann, das brauche ich Ihnen doch wohl nicht zu erzählen!«

»Hart schon«, erwiderte Herr Merkel. »Aber nicht unfair!«

Herr Wiegand machte eine wegwerfende Handbewegung. »Warum höre ich mir dieses Gerede eigentlich an? Glaubt ihr Typen vom FC eigentlich, ihr seid etwas Besonderes? Meine Spieler fühlen sich wohl bei mir.«

Er drehte sich zu seiner Mannschaft um. »Das ist doch so, oder?«

Wie auf ein Kommando stimmten sie ein lautes Gejohle ein. Nur einer beteiligte sich nicht daran. Er war mir schon vorher aufgefallen, weil er nach dem Foul fast genauso schnell bei Säbel gewesen war und sich besorgt über ihn gebeugt hatte wie wir. Ich kannte ihn. Es war dieser Oliver, den Herr Wiegand bei unserer ersten Begegnung zurechtgewiesen hatte.

»Und wir spielen auch nicht unfair!«, rief der Trainer seiner Mannschaft zu.

»Was Mike da gemacht hat, war aber wirklich nicht fair«, sagte Oliver plötzlich. Obwohl er es leise gesagt hatte, konnten wir es alle verstehen, denn das Johlen war bei Herrn Wiegands zweitem Ausruf verstummt.

»Was sagst du da?«, brüllte Herr Wiegand. »Oliver, du Memme! Du hast es gerade nötig!«

Oliver sah seinen Trainer an. Mir war, als würden seine Augen größer und größer. Seine Unterlippe begann zu zittern und dann war er nicht mehr zu halten.

»Er hat doch recht!«, schrie er und zeigte mit ausgestrecktem Arm auf Herrn Merkel. Dabei rollten dicke Tränen seine Wangen herunter.

»Immer sagen Sie nur, dass wir gewinnen sollen, egal wie! Sie haben uns doch sogar gezeigt, wie man das macht, damit der Schiedsrichter es nicht sieht! Ich will das nicht mehr! Meine Eltern fragen schon immer, warum ich überall blaue Flecken habe!«

Die letzten Worte hatte er kaum noch herausbekommen. Er zitterte am ganzen Körper. Herr Merkel lief auf ihn zu und wollte seinen Arm um Olivers Schulter legen. Doch der riss sich los und rannte laut schluchzend auf die Umkleidekabinen zu.

Herr Merkel drehte sich langsam zu Herrn Wiegand

um, der mit offenem Mund seinem abtrünnigen Spieler nachsah.

»Das reicht ja wohl, Herr Kollege«, sagte Sarahs Vater leise. »Ich mache Ihnen jetzt einen Vorschlag. Wir werden dieses Spiel für beendet erklären. Und Sie werden Herrn Plutas Mannschaft erlauben, auf Ihrem Platz zu trainieren, und zwar so oft sie wollen. Damit sind Sie doch einverstanden?«

»Aber ...«

»Damit sind Sie doch einverstanden?«, wiederholte Herr Merkel eindringlich.

Herr Wiegand sank in sich zusammen. »Ja«, brachte er nur noch heraus.

»Gut. Aber denken Sie nicht, damit sei alles ausgestanden. Das hier wird noch ein Nachspiel für Sie haben. Darauf können Sie sich verlassen. Gewinnen ist nicht alles, Herr Wiegand. Beim Sport geht es auch um etwas anderes. Aber das werden Leute wie Sie wahrscheinlich nie begreifen, und wenn sie hundert Jahre alt werden.«

Es war sehr still auf dem Fußballplatz geworden, um den wir so hart gekämpft hatten. So still, dass man die berühmte Stecknadel hätte fallen hören können.

»Worauf wartet ihr noch?«, rief Herr Merkel uns zu. »Es ist vorbei! Zieht euch um!«

Pluto kam seiner Aufforderung als Erster nach. Wir schlossen uns ihm an. Auch die Mannschaft des SV Eiche folgte uns. Ihr Trainer blieb zurück. Sie beachteten ihn nicht. Er sah plötzlich viel kleiner aus und das lag nicht nur an der Entfernung. Während wir unserem kopfschüttelnden Klassenlehrer in die Umkleidekabinen folgten, sah ich mich nach Sarah um. Sie war nicht mehr da.

Allmählich wurde mir bewusst, dass wir es geschafft hatten. Wir konnten wieder auf unserem Platz trainieren! Trotzdem konnte ich mich nicht darüber freuen. Ich wäre lieber als echter Sieger vom Platz gegangen.

»Mist!«, rief ich laut und ließ mich, wie die anderen, auf eine der Bänke fallen.

»Was ist denn mit dir los?«, fragte Pluto.

»Wir hätten gewinnen können, auch ohne Säbel! Er ist zwar unser bester Spieler, aber wir hatten trotzdem eine gute Chance.«

Es wurde still in der Umkleidekabine. Erst jetzt wurde mir bewusst, dass mich alle ansahen.

9. Kapitel

Marilyn sprang auf. »Jetzt reicht es mir!«, brüllte sie mich an, dass ich nach hinten zurückwich. »Hast du eigentlich noch etwas anderes im Kopf als dieses blöde Spiel? Ist es dir völlig egal, dass Säbel im Krankenhaus liegt?«

»Was – was meinst du?«

»Was ich meine? Du spielst dich hier auf wie der große Zampano! Hast du überhaupt nichts von dem begriffen, was ich dir neulich gesagt habe?«

Alle sahen mich an, auch Pluto. Ihnen war anzusehen, dass sie genau wussten, was Marilyn meinte. Nur Tina hatte anscheinend auch keine Ahnung. Sie staunte Marilyn mit offenem Mund an.

»Ich wollte euch doch nur sagen, dass ich mit eurer Leistung zufrieden bin«, versuchte ich, mich zu verteidigen.

»Zufrieden!«, rief Kralle. »Habt ihr das gehört? Der Herr Mannschaftskapitän war mit uns zufrieden!«

Auf dem einen oder anderen Gesicht erschien ein Lächeln. Nur sah das nicht sehr freundlich aus.

»Was glaubst du eigentlich, wer du bist?«, schaltete sich nun auch noch Doppelpass 1 ein. »Denkst du, du wärst der Einzige, der etwas von Fußball versteht? Ist dir denn überhaupt nicht aufgefallen, dass niemand mehr etwas mit dir zu tun haben wollte?«

»Ich dachte, ihr hättet keine Zeit. Ich hatte doch auch keine Zeit. Wir mussten doch trainieren!«

»Warum, denkst du, haben wir bis jetzt alle mitgemacht?«, fiel mir Marilyn wieder ins Wort. »Was glaubst du, he?«

»Na ja, damit wir auf unserem Platz spielen können. Und weil wir beim FC trainieren durften.«

»Falsch, lieber Knubbel! Um unseren Sportplatz ging es uns schon lange nicht mehr. Und das Training mit Herrn Merkel hätte uns auch viel Spaß gemacht, wenn du es uns nicht verdorben hättest! Wir haben nur noch deiner Mutter zuliebe mitgemacht. Damit sie den beknackten Putzjob nicht antreten muss!«

Um mich herum drehte sich alles. Mein Gesicht glühte, und ich spürte, wie das Blut in meinem Kopf pochte. Was war nur geschehen? Warum waren plötzlich alle gegen mich? Wir hatten uns doch immer so gut verstanden? Wir hatten immer viel Spaß miteinander gehabt. Das waren doch meine Freunde! Ich sah Hilfe suchend zu Pluto. Zum Glück verstand er es.

»Ich glaube, das reicht jetzt«, sagte er. »Ich werde mich in der nächsten Woche in aller Ruhe mit Knubbel unterhalten und ihm die Situation erklären. Mir scheint, ihm war gar nicht bewusst, was euer Problem mit ihm war.

Nun will ich erst einmal mit Herrn Merkel ins Krankenhaus fahren, um nach Säbel zu sehen. Zieht euch um, und dann macht, dass ihr nach Hause kommt.«

Marilyn stand auf. »Dann ist ja alles erledigt. Kommt«, sagte sie zu Doppelpass und Tina, »wir ziehen uns um.«

Auch die anderen standen auf und begannen, in ihren Schränken zu kramen, oder gingen zu den Duschen. Kurz darauf diskutierten sie lautstark über die Geschehnisse. Ich blieb sitzen. Ich hatte noch keine Lust, mich umzuziehen. Es interessierte niemanden, was ich tat. Sie nahmen einfach keine Notiz von mir.

Mir wurde plötzlich klar, dass sie das schon eine ganze Weile nicht getan hatten. Ich war viel zu sehr mit mir selbst beschäftigt gewesen.

Ich blieb noch lange so sitzen. Als ich endlich unter die Dusche ging, war schon lange niemand mehr da. Ich konnte keinen klaren Gedanken mehr fassen. Ich sah nur noch Marilyns wütendes Gesicht vor mir. Und mir gingen ihre Worte nicht mehr aus dem Kopf: »Ist es dir völlig egal, dass Säbel im Krankenhaus liegt?«

Hatte sie recht? War es mir wirklich egal gewesen? Ich wusste es nicht mehr. Wie ein Film, den man zu schnell ablaufen lässt, sah ich die letzten Wochen vor mir. Plötzlich wurde mir klar, dass ich woanders gewesen war, als hätte ich nicht auf der Erde gelebt. Und der Streit mit meinen Freunden hatte mich wieder ziemlich hart landen lassen.

Während das warme Wasser an mir herunterlief, sortierten sich meine Gedanken. Vielleicht hatte es mit dem Duschen zu tun. Dabei konnte ich immer schon gut nachdenken. Es war, als würde plötzlich jeder meiner Gedanken und jedes meiner Gefühle den Weg in die richtige Schublade finden. Ich war ein kompletter Idiot gewesen! Mein übertriebener Ehrgeiz und meine Unsicherheit hatten mich dazu gebracht, mich so zu verhalten. Mein Ehrgeiz hatte mich blind gemacht. Ich hatte nicht gesehen, dass es mir schon lange nicht mehr um den FC Streuselkuchen, sondern nur noch um mich selbst gegangen war.

Was mir aber noch viel mehr zu schaffen machte, war die Sache mit Marilyn und Sarah. Seltsamerweise hatte ich erst richtig gespürt, was ich für Marilyn empfand, als sie mich vorhin angeschrien hatte. Sie war wirklich das tollste Mädchen, das ich mir vorstellen konnte. Und Sarah? Zu ihr hatte ich mich nur deshalb hingezogen gefühlt, weil ich mit ihr über alles reden konnte wie mit einem Freund. Nur hätte ich Trottel das auch mit Marilyn haben können, wenn ich es selbst nicht immer verhindert hätte. Doch nun war es zu spät für kluge Einsichten. Ich hatte es verbockt.

Herr Merkel und Pluto waren zu Säbel ins Krankenhaus gegangen. Ob es wirklich so schlimm war, wie es ausgesehen hatte? Ich beeilte mich plötzlich, mit dem Duschen fertig zu werden. Ich wollte es genau wissen. Meine Eltern würden wahrscheinlich schon auf mich warten, aber das war mir egal. Ich wollte genau wissen, wie es um Säbel stand. Wenigstens das wollte ich nicht auch wieder falsch machen. Schließlich war ich nicht ganz unschuldig daran, dass er nun im Krankenhaus lag.

Der Pförtner im Krankenhaus hatte mir, als ich ihm Säbels Namen gesagt hatte, nach einem Blick in seinen Computer gleich eine Zimmernummer genannt. Er war also noch nicht entlassen. Das war kein gutes Zeichen.

Als ich in sein Zimmer kam, waren Pluto und Herr Merkel noch bei ihm. Säbel lag auf einer Liege. Sein Knöchel war dick verbunden und er war kreidebleich im Gesicht.

»Knubbel! Schön, dass du kommst!«, rief Herr Merkel, als er mich sah. Er schien sich tatsächlich zu freuen.

»Das trifft sich gut«, sagte auch Pluto. »Wir haben etwas mit dir zu besprechen.«

Das war es also! Wollte er damit nicht bis zur nächsten Woche warten?

»Ich wollte nur wissen, wie es Säbel geht«, sagte ich schnell. Vielleicht kam ich ja so an der Standpauke meines Klassenlehrers vorbei.

»Halb so schlimm«, grinste Säbel. »Zum Glück nur eine Dehnung. Ich kann gleich nach Hause gehen. Die machen nur noch einen Bericht.«

»Na, Gott sei Dank!«

»Wenigstens eine gute Nachricht, nicht wahr?«, meinte Herr Merkel und lächelte mich irgendwie väterlich an.

»Sie wissen es also auch schon.«

Er nickte. »Dass es da einige Schwierigkeiten gab, ist auch mir nicht ganz verborgen geblieben.«

Pluto atmete tief durch. »Also gut, wenn wir schon einmal davon reden: Du hast ja gehört, was die anderen gesagt haben, Knubbel. Was meinst du denn dazu?«

Ich sah ihn an. Jetzt kam die Lehrermasche. Eigenes Aufarbeiten der Probleme und so. Das hatten wir uns schon einige Male von ihm anhören müssen. Mir blieb wirklich nichts erspart.

Ich zuckte mit den Schultern. »Weiß nicht. Was soll ich dazu sagen? Sie sind wohl echt sauer auf mich.«

Ich sah Säbel an. »Bist du denn auch sauer auf mich?«, fragte ich ihn. Ich wunderte mich immer noch darüber, warum er so blass war und trotzdem irgendwie glücklich aussah.

Säbel schüttelte den Kopf. »Nee, sauer bin ich nicht. Ich kann dich sogar verstehen. Wenn es um Fußball geht, bin ich auch nicht mehr zu halten. Dann ist mir alles egal. Nur wie du die anderen behandelt hast, das war schon nicht so toll.«

»Was denkst du denn?«, fragte Pluto. »Sind sie zu Recht so aufgebracht gegen dich?«

Ich sah auf den Boden. »Ich habe es wohl übertrieben«, sagte ich leise.

»Ich denke, er hat seine Lektion gelernt«, sagte Herr Merkel. »Lassen Sie es gut sein.«

Pluto nickte.

»Danke«, sagte ich nur und sah wieder auf den Boden.

»Dein Ehrgeiz und dein Wille zum Sieg sind grundsätzlich sehr lobenswert«, fügte Herr Merkel dann doch noch hinzu. »Nur musst du die Kontrolle darüber behalten. Du musst wissen, wann aus Ehrgeiz schädliche Besessenheit wird. Aber das kannst du bei uns lernen, wenn du willst. Und Säbel auch.«

Ich sah hoch, in zwei grinsende Gesichter.

»Bei Ihnen?«, rief ich. »Wie meinen Sie das?«

Pluto und Herr Merkel warfen sich einen dieser wissenden Erwachsenenblicke zu, die einen zur Weißglut bringen können.

»Ich meine damit, dass ihr in unserer Jugendmannschaft spielen könnt, wenn ihr wollt.«

Ich sah zu Säbel. Er zeigte mir alle seine Zähne. »Stark, oder? Ich dachte, ich raste aus, als sie mir das erzählten.«

»Du weißt es also schon?«, rief ich. Jetzt war mir klar, warum er so blass war. Meine Gesichtsfarbe war in dem Augenblick wahrscheinlich auch nicht viel gesünder.

»Warum ich?«, fragte ich. »Bei Säbel verstehe ich das ja. Aber warum wollen Sie mich in Ihrer Mannschaft haben?«

»Tja«, meinte Herr Merkel und kratzte sich am Kinn. »Mit dir hat es eine besondere Bewandtnis. Kannst du dich noch daran erinnern, was ich dir darüber sagte, wie man ein guter Fußballer wird?«

Daran konnte ich mich sehr gut erinnern. »Ja. Sie sagten, man braucht Talent, und dann muss man trainieren, trainieren und noch einmal trainieren. Genau das habe ich ja auch in den letzten Wochen getan.«

Herr Merkel lächelte mich an. »Das weiß ich. Und genau darum geht es. Ich habe in diesen Wochen gesehen, dass an deiner Einstellung wirklich nichts auszusetzen ist. Aber vor allem habe ich gesehen, dass du Talent hast.«

»Aber ich bin doch viel zu dick! Und ich habe keine gute Kondition!«

»Genau das ist der Punkt, Knubbel. Meine Meinung dazu ist schon lange, dass wir alle einen großen Fehler bei der Sportförderung von Jugendlichen machen. Viele von ihnen werden schon früh, aus welchen Gründen auch immer, als unsportlich abgestempelt. Das bleiben sie dann ihr Leben lang. Vielleicht haben sie aber nur früh schlechte Erfahrungen gemacht oder sind als kleine Kinder schon zu dick geworden. Ich möchte nicht wissen, wie viele Talente unentdeckt bleiben, weil sie auf den ersten Blick nicht sportlich aussehen, was auch immer das sein mag.«

»Und so einer bin ich auch?«

»Genau das will ich beweisen. Ich bin sicher, dass du Talent zum Fußballspielen hast, Knubbel. Das möchte ich fördern. Wenn du Lust hast und bereit bist, daran zu arbeiten, kannst du zu uns kommen. Ich habe das im Verein schon geklärt. Die sind einverstanden.«

»Ich bin also sozusagen Ihr Versuchskaninchen«, stellte ich fest.

Herr Merkel lachte wieder laut auf. »Das könnte man so sagen. Und wenn es nicht klappt, kommst du in die Pfanne! Also, was ist? Hast du Lust?«

»Ich glaube, ich wäre ziemlich blöd, wenn ich diese Chance nicht nutzen würde, oder?«

Pluto lächelte mich an und nickte.

Herr Merkel reichte mir seine Hand. »Abgemacht?«

»Abgemacht.«

Nachdem uns Herr Merkel noch gesagt hatte, dass er das Einverständnis unserer Eltern brauchte, ließen er und Pluto uns allein. Säbel und ich packten schweigend seine Sachen zusammen. Nur ab und zu sahen wir uns an und schüttelten den Kopf. Wir konnten beide noch nicht fassen, was gerade passiert war.

Als ich unter der Dusche gewesen war, hatte plötzlich alles so klar ausgesehen. Doch nun hatte sich mit einem Schlag wieder alles verändert. Dieser Tag war wie eine Achterbahnfahrt. Ein paarmal war es von ganz oben nach ganz unten und wieder zurück gegangen. Ich hatte den schlimmsten Streit mit meinen Freunden über mich ergehen lassen müssen, und fast im gleichen Augenblick war mein größter Traum in Erfüllung gegangen, seit ich die Jugendmannschaft des FC zum ersten Mal beim Training gesehen hatte. Wenn mich jemand gefragt hätte, wie ich mich nun fühlte, ich hätte es nicht mehr sagen können.

Als ich nach Hause kam, saßen meine Eltern und Tina in der Küche. Sie hatten jeder ein Stück Kuchen vor sich. Ein vierter Teller stand an meinem Platz. Ich sah ihnen auf den ersten Blick an, worüber sie gesprochen hatten. Bestimmt hatte Tina ihnen alles brühwarm erzählt.

Meine Mutter stand auf und strich mir über die Schulter. »Komm, setz dich erst einmal.«

Mein Vater sah mich mitleidig an. »Tut mir wirklich leid, Junge. Da ist wohl einiges schiefgelaufen.«

Ich setzte mich auf meinen Platz. »Das kann man wohl sagen.«

»War es wirklich so schlimm, wie Tina gesagt hat?«

»Sie waren total gemein zu ihm!«, rief meine kleine Schwester entrüstet. »Das habe ich Marilyn und Doppelpass auch gesagt!«

Mein Gesetz über das Verbot kleiner Schwestern verschwand endgültig in der Schublade.

»Sie haben mir ziemlich zugesetzt. Das stimmt schon. Aber ich glaube, so ganz unrecht hatten sie nicht. Ich war wohl nicht besonders umgänglich in den letzten Wochen.«

»Du warst unerträglich!«, rief Tina. »Man konnte überhaupt nicht mehr mit dir reden. Hoffentlich wirst du jetzt wieder normal. Trotzdem hätten sie dich nicht so anschreien dürfen.«

»Glaubst du, du bekommst das wieder hin?«, fragte meine Mutter.

»Ich weiß nicht. Ich würde mich schon gerne wieder mit ihnen vertragen. Ich weiß nur nicht, wie.«

»Wenn ich dir einen Rat geben darf, Björn«, sagte mein Vater.

»Nein, das muss ich allein regeln«, unterbrach ich ihn gleich.

»Aber ein Rat kann doch nicht schaden«, versuchte er es noch einmal.

Meine Mutter legte ihre Hand auf seinen Arm. »Lass ihn. Er schafft das schon.«

Ich holte tief Luft. Nun würde ich es ihnen sagen. Bei

allem Ärger hatte ich mich auf diesen Augenblick gefreut.

»Jedenfalls möchte ich die Sache aus der Welt schaffen, bevor ich mit dem Training beim FC beginne«, sagte ich so beiläufig wie möglich.

Es dauerte einen kleinen Augenblick, dann fiel meinem Vater die Kuchengabel in die Sahne. Das war ihm schon einmal passiert, als ich ihm eröffnete, dass ich Fußball spielen würde. Nur war ihm die Gabel damals in seinen Hirtensalat gefallen.

Ich erzählte ihnen die ganze Geschichte. Als ich fertig war, wusste ich, dass mein »Stolze-Eltern-Bonus« nun mindestens für zwei Wochen reichen würde. Außerdem war klar, dass am Montag die ganze Schule es spätestens nach der großen Pause wusste. Dafür würde Tina schon sorgen.

Als ich allein auf meinem Zimmer war, verblasste die Freude über Herrn Merkels Angebot allmählich. Stattdessen bedrückte mich der Streit mit meinen Freunden mehr und mehr. Ich zermarterte mein Gehirn, was ich tun sollte. Wenn ich doch nur jemand um Rat hätte fragen können. Ich dachte dabei nicht an meine Eltern. Ich hätte einen Freund gebraucht! Aber ich hatte mich ja mit all meinen Freunden zerstritten. Mit allen? – Nein, einen Freund hatte ich noch!

Ich wühlte in meinen Taschen nach einer Telefonnummer, die ich mir vor einiger Zeit aufgeschrieben hatte. Es war die von Herrn Merkel. Als ich sie endlich gefunden hatte, stürzte ich gleich ans Telefon, bevor ich es mir vor Angst noch anders überlegte.

Es läutete einige Male, und ich fürchtete schon, dass niemand zu Hause sei, als sich Herr Merkel endlich meldete. Als ich ihn fragte, ob ich Sarah sprechen könne, holte er sie, ohne nach den Gründen zu fragen, ans Telefon.

Ich fiel gleich mit der Tür ins Haus. »Können wir uns sehen? Ich brauche deine Hilfe.«

»Geht es um heute Nachmittag?«, fragte sie zurück.

»Ja.«

»Okay. An der Bank im Stadion?«

Ich wusste sofort, welche Bank sie meinte. »Einverstanden.«

Als sie aufgelegt hatte, sah ich ungläubig auf den Hörer. So schnell hatte ich mich noch nie mit einem Mädchen verabredet.

Mir fiel auf, dass ich mich immer sehr beeilte, wenn ich zum Stadion fuhr. Dieses Mal war es auch nicht anders. Ich weiß nicht, ob meine Eltern überhaupt mitbekamen, dass ich weggegangen war.

Sarah wartete schon an »unserer« Bank auf mich.

»Wie kann ich dir helfen?«, fragte sie, als wir uns gesetzt hatten.

In den letzten Wochen hatte ich mich immer wieder gefragt, wie Sarah zu mir stand, warum sie nicht zum Training kam und ob sie auch wütend auf mich war. Eine Antwort darauf brauchte ich jetzt nicht mehr.

»Ich weiß nicht, was ich machen soll. Es geht um den Streit heute Nachmittag. Meine Freunde sind stocksauer auf mich. Dein Vater hat dir doch bestimmt davon erzählt.«

Sie nickte. »Was sagt denn deine Freundin dazu?«

»Die ist am wütendsten von allen. Außerdem ist sie nicht mehr meine Freundin. Wir haben uns hoffnungslos verkracht.«

»Hoffnungslos?«, fragte Sarah. »Das glaube ich nicht. Wenn sie wütend auf dich ist, dann ist es nicht hoffnungslos.«

»Wie meinst du das?«

»Mit meinem Freund ist es hoffnungslos. Weißt du, was er gemacht hat, als ich sagte, dass Schluss sei? Er hat mit den Schultern gezuckt und sich einfach umgedreht. Es war ihm völlig egal. Aber wenn sie wütend auf dich ist, dann heißt das doch, dass sie sich noch etwas aus dir macht.«

So hatte ich das noch nie gesehen. »Meinst du?«

»Ja, sicher! Ich habe mich in den letzten Wochen hier nicht sehen lassen, weil ich natürlich gemerkt habe, dass ihr das gar nicht gefiel. Sie war sehr eifersüchtig, glaube ich. Und das ist auch immer ein gutes Zeichen.«

»Ach so. Und was soll ich jetzt machen?«

»Was glaubst du denn, was das Beste wäre?«, fragte sie zurück.

War sie bei Pluto in die Lehre gegangen?

»Ich muss mich wohl irgendwie entschuldigen«, sagte ich vorsichtig.

Sarah lachte auf. »Na also! Ist doch gar nicht so schwer!«

»Und wie?«

»Mensch, Knubbel! Wenn mein Vater recht hat, dann hast du doch eingesehen, dass in letzter Zeit einiges schiefgelaufen ist, oder?«

»Ja, das habe ich allerdings. Ich habe in der letzten Zeit immer nur an Fußball gedacht.«

»Aber ich denke, sie spielt auch?«

»Eigentlich steht sie auf Basketball. Sie ist sogar in einem Verein. Beim Fußball hat sie nur meinetwegen mitgemacht, glaube ich.«

»Und du?«, fragte Sarah. »Warst du denn auch mal bei ihrem Basketballtraining oder bei einem Spiel?«

Ich sah Sarah an. Daran hatte ich überhaupt noch nicht gedacht. Ich Vollidiot!

»Na, siehst du! Das wäre doch eine Möglichkeit. Und was deine anderen Freunde betrifft, wirst du ihnen bestimmt auch erklären können, was in letzter Zeit mit dir los war. Wenn du es eingesehen hast, kannst du es auch erklären. Versuche es doch einfach mal.«

Das war leichter gesagt als getan. »Und du meinst, das klappt? Mit dem FC Streuselkuchen wird es dann aber wahrscheinlich trotzdem nichts mehr werden.«

»Wenn ich das richtig sehe, gab es den doch schon nicht mehr, als mein Vater und ich zu euch gekommen sind, um euch zu sagen, dass ihr hier trainieren könnt.«

Ich dachte daran, worüber wir damals gerade gesprochen hatten, als Sarah und ihr Vater auftauchten. »Da hast du wahrscheinlich recht. Ist vielleicht auch besser so. Für Säbel und mich geht es ja jetzt weiter, dank deines Vaters. Und von den anderen treiben die meisten sowieso schon irgendeine Sportart oder sind in einem Verein.«

»Eben. Viel wichtiger ist doch, dass du dich mit deinen Freunden wieder versöhnst«, redete Sarah weiter auf mich ein. »Und vor allem mit Marilyn.«

»Ich versuche es«, sagte ich leise.

»Na also, dann weißt du ja, was du zu tun hast. Und was mich betrifft, sollten wir Freunde bleiben. Das ist besser so.«

Ich stand auf. »Du hast recht. Danke. Für alles!« Ich drehte mich um und ging. Ich hatte Angst, mir könnte das Gleiche passieren wie vorher Sarah und Marilyn.

»Viel Glück!«, rief sie mir noch nach.

Das konnte ich wirklich gut gebrauchen.

Am Sonntag hatte ich mir genau überlegt, was ich tun wollte. Montags hatten wir die zweite Stunde bei Pluto. Da wollte ich es versuchen.

Ich wollte niemandem aus meiner Klasse vor der Schule begegnen. Darum ging ich so spät von zu Hause weg, dass sie schon drinnen waren, als ich kam. Ich setzte mich auf meinen Platz und versuchte, niemandem direkt ins Gesicht zu sehen. So brachte ich die erste Stunde heil hinter mich. Als Pluto zur zweiten Stunde erschien, hatte er noch seine Aktentasche in der Hand, als ich mich meldete.

»Ich wollte gern etwas sagen«, begann ich, als er mir zugenickt hatte. »Es geht um Samstag.«

Pluto winkte ab. »Nicht jetzt! Wir können uns nicht nur mit Fußball beschäftigen. Dazu sind wir nicht hier. Warte damit bis zur Pause.«

Das war kein guter Start. Ich konnte nur hoffen, dass alle, die zum FC Streuselkuchen gehörten, nach dem Läuten in der Klasse blieben.

Pluto hatte Erbarmen mit mir. Fünf Minuten vor der Pause entließ er alle Nichtfußballer. Die nahmen das Angebot dankend an. Unsere Mannschaft bat er, noch zu bleiben.

»Ich hatte mir das zwar erst für die Verfügungsstunde vorgenommen«, begann Pluto, »aber da du sowieso darüber sprechen willst, Knubbel, kann ich es auch gleich jetzt loswerden. Nach allem, was in letzter Zeit, und vor allem am Samstag, passiert ist, denke ich, dass wir unseren Plan aufgeben sollten, im nächsten Jahr am Turnier um den Schulpokal teilzunehmen.«

Niemand sagte etwas. Es herrschte eisiges Schweigen.

»Dann kann ich also davon ausgehen, dass ihr damit einverstanden seid?«

Noch immer sagte niemand etwas. Sarah und ich hatten recht gehabt. Das war die Beerdigung des FC Streuselkuchen.

Pluto nickte. »Gut. Dann wäre das also erledigt. Ich möchte euch aber noch sagen, dass es mir viel Spaß gemacht hat. Vor allem das Training bei Herrn Merkel war sicher eine tolle Erfahrung für uns alle. Aber man muss auch wissen, wann Schluss ist. – So, und nun bist du dran, Knubbel.«

Alle sahen mich an. Es war das erste Mal an diesem Tag, dass sie mich zur Kenntnis nahmen. Marilyns Gesicht war wie versteinert. Das machte es mir nicht leichter. Aber da musste ich jetzt durch. Zum Glück hatte ich mir genau überlegt, was ich sagen wollte.

»Ich habe am Wochenende viel nachgedacht«, begann ich. »Meine Schwester hat gesagt, ich sei unausstehlich gewesen.«

»Das warst du auch, du Trottel!«, rief Kralle dazwischen.

In dem Augenblick brach ein ohrenbetäubendes Gelächter los. Alle sprangen von ihren Stühlen und kamen zu mir. Sie hauten mir auf die Schulter, boxten mir auf den Arm und nannten mich einen Idioten, aber alle lachten dabei.

»Was ist denn jetzt wieder los?«, rief ich.

Kralle bog sich vor Lachen. »Du kapierst wieder einmal nichts! Wir haben uns gestern mit Pluto getroffen. Er hat uns alles erzählt, dass es dir leidtut und so. Da haben wir beschlossen, dass wir nicht mehr sauer auf dich sind. Er hat uns auch von der Sache mit dem FC erzählt. Echt stark! Herzlichen Glückwunsch, Alter!«

Ich sah zu meinem hinterhältigen Klassenlehrer. Er strahlte wie eine 100-Watt-Birne. Plötzlich merkte ich, dass Marilyn nicht zu mir gekommen war. Ich bekam gerade noch mit, wie sie aus der Klasse lief. In diesem Augenblick läutete es zur Pause. Ich riss mich von meinen Mannschaftskameraden los und stürmte ihr nach. Als ich aus der Tür kam, war sie schon fast am Ende des Ganges. Aus den anderen Klassen strömten die Schüler mit dem üblichen Getöse.

»Marilyn!«, brüllte ich durch den Lärm. »Marilyn, warte doch! Es tut mir leid!«

Fast gleichzeitig blieben alle stehen und es wurde still auf dem Flur. Da gab es was zu sehen. Das wollten sie nicht verpassen. Mir war es in diesem Augenblick völlig egal.

»Marilyn! Bitte!«, rief ich noch einmal. Es half nichts. Sie ging unbeirrt weiter.

Plötzlich hatte ich eine Eingebung. Ich weiß nicht, warum. Ich tat es einfach.

»Nicole! Bitte warte doch!«

Ich wusste nicht, wie lange es her war, dass ich sie bei ihrem richtigen Namen genannt hatte. Aber es wirkte. Sie blieb stehen und drehte sich um. Ihr Gesichtsausdruck war immer noch so finster wie vorher in der Klasse. Langsam kam sie, verfolgt von mindestens hundert Augen, auf mich zu. Dabei geschah etwas, das ich fast nicht mehr für möglich gehalten hatte. Mit jedem Schritt hellte sich ihr Gesicht ein wenig auf. Als sie schließlich vor mir stand, lachte sie, wie meine Freunde, als sie mir vorher in der Klasse den kleinen Streich gespielt hatten.

»Ich würde gerne mal mitkommen, wenn du Basketball spielst«, sagte ich leise.

»Kralle hat recht. Du bist wirklich ein Trottel, Knubbel!«

Ich nahm ihre Hand. »Komm, wir gehen. Vielleicht finden wir ein ruhiges Plätzchen, wo wir reden können. Allein!«

Unter Johlen und Klatschen ging ich, mit Marilyn an der Hand, den Gang entlang. Nun war sie wirklich meine Freundin. Und alle sollten es wissen!

Frauke Nahrgang

Die Teufelskicker

Die Teufelskicker – das sind Moritz, Alex, Mehmet, Niko und Catrina. Fußball ist ihr Leben! In der Jugendmannschaft von Blau-Gelb spielen sie genauso begeistert wie in der Freizeit. Was für sie zählt, ist der Sieg – und die Freundschaft.

Moritz macht das Spiel!
ISBN 978-3-570-13000-1

Eine knallharte Saison
ISBN 978-3-570-13001-8

Holt euch den Cup!
ISBN 978-3-570-13002-5

Stürmer gesucht
ISBN 978-3-570-13003-2

Torschuss mit Folgen
ISBN 978-3-570-13004-9

Ein unheimlich starker Gegner
ISBN 978-3-570-13005-6

Talent gesichtet
ISBN 978-3-570-13006-3

5295/7

cbj

www.cbj-verlag.de

Ulli Potofski

Locke bleibt am Ball

192 Seiten OMNIBUS 21640

Fußball ist das Größte für Locke! Das Freundschaftsspiel seiner Mannschaft gegen England steht vor der Tür – und bei Locke tobt das Chaos. Gerade jetzt sind seine alten Fußballschuhe im Eimer, in seiner Familie geht es drunter und drüber und auf dem Platz kann er an nichts anderes denken als an Eva. Klar, dass Locke das Hinspiel versemmelt. Jetzt bleibt nur eins: Im Rückspiel muss seine Mannschaft gewinnen!